奥会津昭和村

# 百年の昔語り

## 青木梅之助さんの聞き書きより

須田雅子

歴史春秋社

青木梅之助さん（通称：うめおさん）
1921（大正10）年３月生まれ　100歳
2021年６月　小林勇介さん撮影
（写真提供：昭和村役場）

兵隊から村へ戻った20代半ばのうめおさん　1940年代後半ごろ

野尻の回り舞台での青年団の写真。前列左から三番目が団長のうめおさん　1950年代初めごろ
（写真提供：渡部喜一さん）

# はじめに

これからお読みいただくのは、令和三（二〇二一）年三月に百歳を迎えた福島県・奥会津昭和村の青木梅之助さん（通称うめおさん）の物語です。うめおさんの生きてきた道のりを経糸に、うめおさんとゆかりのある人たちの思い出やエピソードを緯糸にして織り上げました。

うめおさんの軽妙な話術にかかると、物不足で厳しかったはずの戦前、戦後の暮らしさえ、「これぞ日本の原風景！」と思えるほど、あたたかみを帯び、キラキラと輝いて見えます。戦時中の従軍の日々についても、うめおさんの人好きのする性格によるのでしょうが、思わずクスっと微笑んでしまうようなお話が多いです（もちろん、すべてではありませんが…）。

目まぐるしく移り変わる世の中で、百年を生きてきたうめおさんの言葉を、うめおさんとお茶飲みしているような気持ちで、ゆっくりと味わいながら読んでいただけたら幸いです。

令和三（二〇二一）年十月

須田雅子

昭和村
福島県

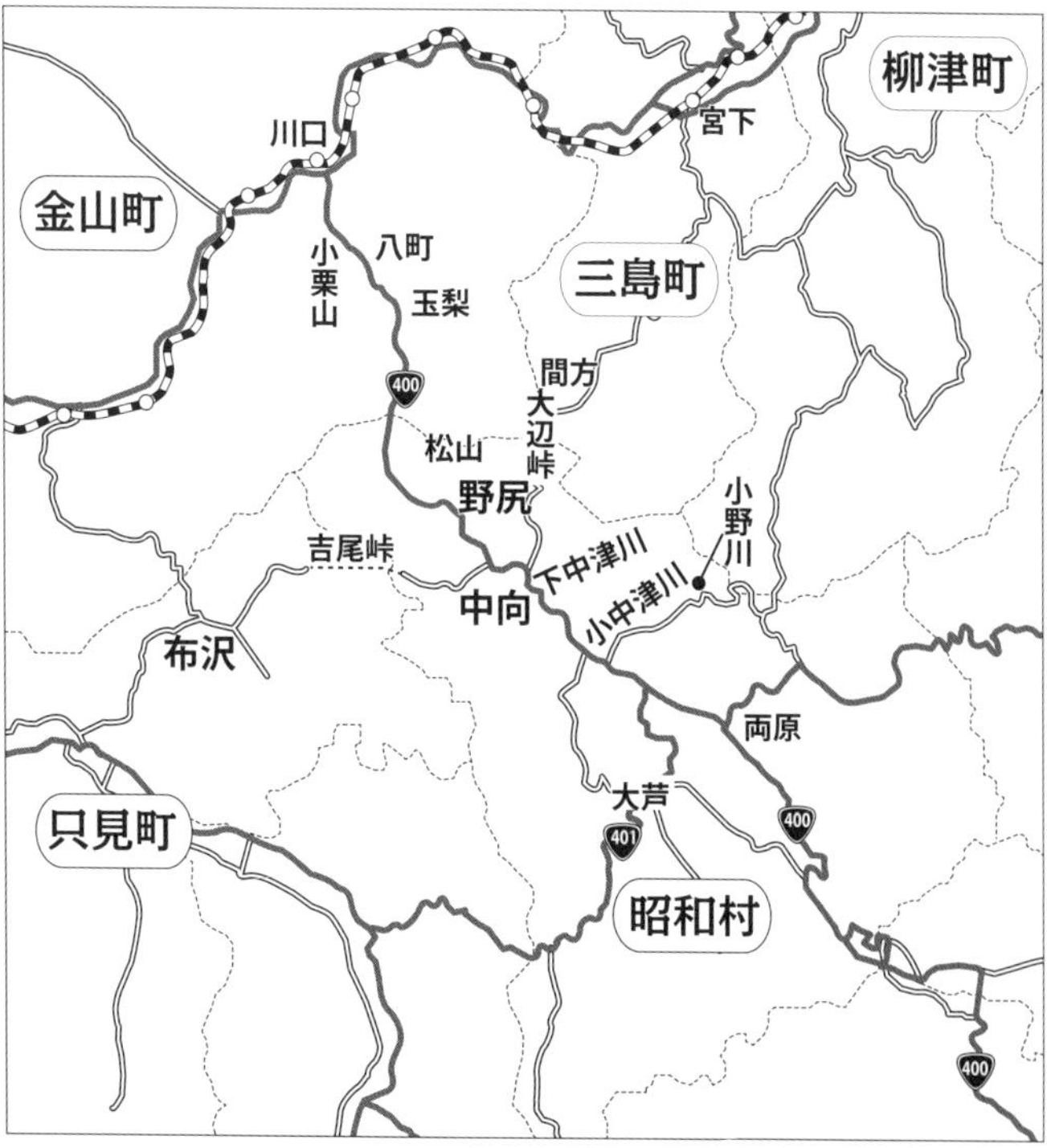
柳津町
宮下
川口
金山町
八町
小栗山
玉梨
三島町
間方
大辺峠
松山
野尻
小野川
吉尾峠
下中津川
小中津川
中向
布沢
両原
大芦
只見町
昭和村
400
401

# 目次

## 第二章　軍隊の日々

## 第三章　戦後の暮らし

注

括弧内に、昭和村の方言の意味や注釈を入れています。また、ふりがなのうち、カタカナ表記のものは昭和村の方言となります。うめおさんの言葉をできる限りそのまま残していますが、物語を紡いでいく過程で言葉を補足したり、順序を入れ替えたりしています。

中には差別的表現として配慮が必要な言葉や語りなどもありますが、当時の時代的背景や資料的意義を考慮し、そのまま記載しております。

なお、内容に誤りなどお気づきの点があればご教示いただけたら幸いです。

# 第一章　子どものころ

# 野尻の青木家に

俺は養子なの。四つのとき来た。まあ、子どもだからわかんなかったっけ。「べーつうち（別の家）さあ、来たなあ」と思って、そのくれえのことで。来たときに一つ上の男の子《オトッコ》と池で遊んだの覚えあんの。小さいとき、梅之助なんてあれだから、通称「うめお」。兵隊行くまでそうだったの。そうやあ！　梅之助なんちゅう人なかったわ。

親父は馬場卯佐美《うさみ》っちゅうたの。お寺の前の家《うち》から、ここさ婿に来て青木になったんだ。明治二十四（一八九一）年生まれだったなあ。あんまり厳しくなかったあ。静かな人だったわやあ。その人が子持たずだったの。それで大芦の小学校の校長だったうちの爺《じい》ちゃんが、両原に男の子《オトッコ》いっからっとって（といって）、もらってきちゃっちゃべや。爺ちゃんは青木謙吾《けんご》といったのや。小栗山《こぐりやま》（金山町《かねやままち》）からここに婿に来た人や。

そう言ってはなんだが、この家《うち》は資産家だったの。財を成したのは四代も前《メエ》の元《げん》隆《りゅう》っちゅう人でねえかなあ。どこで修行してきたんだか、漢文も達者ですらすら読んでたんだと。俺なんのお、読まねえでしまったあ（笑）。

元隆、謙吾、卯佐美、それから梅之助だ。親父は村会議員に二回くれえ出たのかな。俺も二期やったのか。息子の秀元《しゅうげん》も今、議員やってる。

正月は「四日の御礼《おんれい》」ってんで、四日にはみんなお餅包んで一年中の御礼に来てた。そうすっと、その振る舞いを今度《コンダァ》は別の日にみんな呼んで、座敷みんな広げてやってたんだ。おらあ、子どものころそうだった。ここは代々そういう家《うち》で。百年ちかく昔の話だからなあ（笑）。

俺が子どものころ、下中津川から来たハツっちゅう婆さま（曾祖母）が八十幾つで亡くなっただ。あのころは八〇になる人、珍しかった。今の百歳とおんなじ加減だ。その次のハギノっちゅう人（祖母）は若くして亡くなった。こっだ（こんな）話すんのはしばらくぶりだべやあ。ほんと、いつも語んねえがあ。

# 昔の遊び

子どものころの遊びは石のはじき。おはじきで国盗りっちゅうやつやってた。まるく図面描いて陣地にして、最初はじけて入ったとこ自分の領地にして、今度《コンダア》は敵の石さ、カチーンと当てて倒すと一つずつ取れるとかいって。そういう遊びやってたんだあ。女の子《オナンコ》はお手玉なんのをやってたんじゃないか。それからご馳走の真似なんのやってたこともあったぞ。

縄跳びだのは最初は藁太く撚ったやつで。ぜーんぶ手作りだわや。それからマニラ麻のロープなんの使ってやってたべえ、だんだん。

アシナカ（左）と草鞋
アシナカは小林盛雄さんが片足約40分で制作。草鞋は盛雄さんの父・銀市さんが70〜80年前に作ったもの

「アシダカ」とって足の半分までしかねえ簡単な草履《ぞうり》。川の遊びから何からみんなそれ履いて遊んでたのや。学校だってそれ履いて行ってた。大人もそれで仕事してた。昔はみんな作ったんだあ、本気で。田仕事、畑仕事みんなこれ履いてやってただ。

昔は葬式んときに、墓場さ送ってく草履がその「アシナカ（足半）」っちゅうやつ。その場で作って親類のてえ（人たち）がそれ履いていたんだ。

「アシダカ」「アシダカ」と言ったが、「アシナカ」なの、本当は。後ろ、踵はねえだから。ところがあれ、前だけだと非常に歩きいいの。後ろの方だのパカパカとって

（笑）。そうしたって釘なんの刺さらなかったんだから。ほんとそうだったんだから。みんなそれでいたんだよ。怪我する人いなかったんだから。今はねえなあ！　今は見るようねえ。

それから何ちゅうんだ。「しっぱね」（尻っぱね）なんて言ったんだが、雨降ったときなの歩くと尻のあたりにポイっとこう泥が跳ねてくっついたの。それがねえわけだ。草履が半分しかねえから。短いから作るにも早く作れる。冬、暇なとき作ってた。草鞋《わらじ》とは紐から何から作りから違う。長距離歩くには草鞋の方がいいのや。足しっかり結わいてくれっから。アシダカっちゅうやつはただつっかけるだけ。

靴なんか、ずーっとあとだわや。何年も経ってだぞお。ゴム靴ってみんな履くようになったのは何年も経ってだ。みんなもとは藁草履だった。

アシナカという藁草履のことを、昭和村（野尻集落）では「アシダカ」と呼ぶ。同集落の小林盛雄《もりお》さんは、二十歳前後（一九五五年頃）までアシナカを履いていたそうだ。田んぼに行くときなど一番履きやすい草履だったという。

盛雄さんによると、アシナカは作り方が比較的簡単なので、藁で作る履物の中で最初に学ぶのだそうだ。普段履くアシナカは、槌《つち》（ヨコヅチ）で打って柔らかくした藁を使って丁寧に作る。藁を柔らかくして作ったアシナカは長持ちする。「それこそ、縦に縄が出るまで履けた」と盛雄さんは語る。

約70年ぶりに藁でアシナカを作ってくれた小林盛雄さん（1935〈昭和10〉年生まれ）

# おせんどう淵

川遊びは「おせんどう淵《ぶち》」っちゅって、もう少し下《しも》の川ん中。今、石垣したり何かして、俺たちの子どものころよりだいぶ変わったようだ。あそことお寺の下の堰上《せきうえ》が水浴び場だったたんだ。向こうに和久平《わぐだいら》っちゅう田んぼがあって、そこに大きな堰があったんだあ。五〇メーターくれえ直線で泳がっちゃあだ。大人になってもあそこさ行って泳いだもんだ。だから泳ぎ上手だったよ、俺。

おせんどう淵は、俺たちより一時代前《ひとジデエメエ》のてえが、よくいろいろの神社さ、お参《メエ》りさ行ぐとかなんかあるっていうときに、身を清めるに行水した場所だったたんだべえ。禊《みそぎ》をやったらしいんだ。昔は、あそこで水垢離《みずごり》をとって、それから成田山だとか伊勢参宮だとか行ったんだと。野沢（西会津町）の山の神様さ行ぐってやってたのいんだぞ。そこの藏田爺《くらたじい》なんの、孝二爺なんの、行ったわあ。そんときなんのお、大勢《たいぜい》行って、おせんどう淵で朝晩それこそ水かぶって清めて、それから出てったわあ。

そこの孝二さん、村長やったなあ。あの人なんのはよーくそんな話語るんだっけやあ。出かけっときは、おせんどうで一週間くれえ水垢離とり行ったっちゅうの。家《うち》の隣に舞台があったんだが、そこで寝泊まりして、それからお参《メエ》りに出かけたんだと。古峰《こぶ》ヶ原だの伊勢参宮だの、必ずそうしたって。それでおせんどうっていう言葉が残ってんの。おせんどうの漢字は洗うに道でねえかなあ。「御洗道淵」だと思うんだがなあ。おらあ、若いころにはそういうことはやんなくなったんだが、ひとっきり（一世代）前《メエ》の人なんかの話だ。一時代《ひとジデエ》どこんねえ、二時代《ふたジデエ》くれえだもんな（笑）。

昭和村野尻集落にある「おせんどう淵」のすぐ近くに住む山内常一さんも、子どものころ、夏は川遊びを楽しんだ。小さいころから川で遊んでいるので、野尻集落の大抵の人は泳げるそうだ。

川遊びのときには、年の違う子どもたちが一緒になって遊んだ。年上の子どもが小さい子どもを浅い所で遊ばせるなどして面倒を見ていた。高学年になると深い所で泳ぎ、大きな岩の上から水に飛び込む度胸だめしもした。流されても下《しも》の方は浅くなるから大丈夫だったが、溺れそうな子がいると年上の子どもたちが助けに行った。

おせんどう淵での思い出について話してくれる山内常一さん（1946〈昭和21〉年生まれ）

「ハリミズ」と呼ぶ、ハヤの小さいメダカのようなの（ハヤの稚魚）が川に群れになって泳いでいるのを、手ぬぐいを使って二人くらいで掬い取り、「これを生きたまま飲みこむと魚みたいに泳げるようになるんだぞ」と言って、泳げない子どもに飲ませるという悪ふざけもした。

おせんどう淵のハリミズの群れ

体が冷えて唇が紫色になると、陽光に照らされてぽかぽかの大きな石の上にうつ伏せになり、おなかをあたためてから、また水の中に入っていった。近くに清水も湧き出ていたので、喉が渇くとそこで水を飲んだのがおいしかった。

## 瞽女《ごぜ》んぼ

俺が子どものとき、新潟から瞽女って来たの。瞽女っちゅうのは三味《しゃみ》を弾いて唄うたう。三味一台持って新潟から五、六人で組作って来て。肩さ、手ぇかけて連れて歩かっちゃあの。親方が目あきの（目が見える）達者な女の人で、五、六人連れてきてたの。「瞽女んぼ」って言ったんだ。

毎年、泊まる家が決まってたのや。うちも一人泊まった。日の中は村じゅう軒回りに回って歩って。夜は夕飯あがりに宿とったとこで何曲もやって。辺り近所、いとこてえ呼ばってきて、大勢《たいぜい》唄聴き集まったんだぞ。瞽女聴き。寝る時間まで唄聴いたもんだあ。

（写真提供：©新潟日報社）

## 山伏の家

うちが山伏の家だっちゅうのは聞いてたわやあ。誰も行《ぎょう》の方はやってねえが。元隆の時代《ジデエ》までやったのかな。節々《せつせつ》には祝詞あげてやってた。

だから昔、法印様のぼこぼことしたあれ（首にかける梵天袈裟《ぼんてんげさ》）だってあったんだあ。あれ法印様の印だったべえ。今なくなっちゃったなあ。俺、子めら（子ども）のころはあった。

家《うち》にお不動様あって、みんなお参《メエ》りに来るに、玄

お不動様を祀る小屋

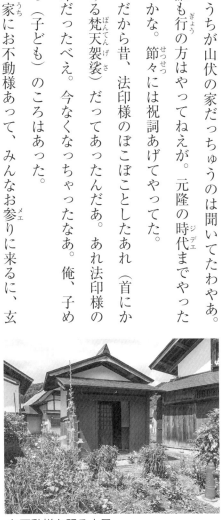

関から入ってドタンドタンと座敷までまっすぐ行っちまうから、「これはお参《メエ》りすっとこ、小屋ねえとしょうねえ（しょうがない）わ」って、親父が家《うち》の前に小屋建てて移したんだ。俺が六つか七つのころだぞ。お不動様は俺の生まれ年（酉年）からいっても守り神だ。

法印っちゅって特別な力を持った人の継承者だべえ。中向《ナカムケエ》にあったんだあ。中向《ナカムケエ》の法印様、おらあ、高等（高等小学校は現在の中学一、二年）上がったころまでは現役で、よく祭りごとに来てた。

---

うめおさんの長男の青木秀元《しゅうげん》さんによると、秀元さんが中学生のころまで、家で四つ足の動物の肉は食べることができなかったという。食べてい

---

たのは二つ足の鶏肉くらいで、牛、豚などは許されなかった。ただ、外で食べることはできたので、家で飼っていたウサギも、隣家や親戚の家に生きたまま持っていって、捌いてもらったものをその家まで行って食べた。そのためか秀元さんは中学までは虚弱体質で、高校入学と同時に家を出て下宿生活を始めたことで、四つ足の肉も食べるようになり、体が丈夫になったそうだ。

うめおさんも四つ足の肉を食べるようになったのは軍隊に入ってからのことで、「昔はそういうことを守っていたから、法印様の家として人に信用されていたわけだ」と語る。

秀元さん（1950〈昭和25〉年生まれ）とうめおさん（右）
（2021年6月）

# アサとからむし

子どもんとき、この辺ではほとんどやってたよ。からむし（苧麻《ちょま》）とアサ（大麻）、両方作ってたんだ。そのころは現金収入っちゅうと養蚕とアサ・からむし。それくれえだった。女の人だいぶやったもんだわ。からむし作ってねえ人でも何でも頼まれて。小栗山から来たあれなんか、いとこの家《うち》から来たったんだが、あれなんのずーっといたったわや。尋常六年生のころから二十幾つまでいたべや。大芦からも来てずーっといたったわ。金山の八町《はちまち》からも来てたったし。一人ずつくれえ、いろいろ用足ししたり何か。何ちゅうだかなあ、女中ともつかねえ、女中よりは体《テエ》のいい方だべえ。家の娘とおんなじようにして住みつきでそれこそ。

からむしは男てえはあれ、刈った茎の葉っぱを落として、長さ決まった尺棒《しゃくぼう》があって、鎌で刈ったぎって（かき切って）そのまま持ってきて、池さ浸しておいて剥ぐ。からむしを折ってそのあと皮だけにする「からむし剥ぎ」、爺さんやってたから、そこまでは俺もやったの。二把《わ》ずつ朝とってきてた。「遊び行ってんだったら、これ剥いでけー！」って。夜なんか夕飯食うとすぐ始めて。その二把を剥いで、それ堀さ浸して。子どもんときやってた。高等あがってからだから十幾つだべ。五、六年手伝ったべえ、からむしとアサ。家族みんなでかかってた。それと養蚕と両方だ。アサ・からむし本気だったわや、昔は。

からむしは植えて毎年早え《ハエ》とこから芽が出てくる。春先出たばかりのころ、草とったり何かして。春先は芽が不揃いで、揃えるに、いい加減このっくれえ（二〇cmくらい）伸びたときに早く出たやつを焼くわけ。「からむし焼き」って。そうすっと枯れっ

からむし焼き
芽を揃えるほかに、害虫駆除にもなり、焼けた灰は肥料となる。毎年、小満のころに行われる（皆川吉三さん・アサノさんの畑で撮影）

ちゃうから。焼くと後でぞくっと一緒に出てくっから尺が揃うわけ。

そいで、焼いたとこに下肥《しもごえ》を担いでいって、それで火消したり、肥しにしたり。水で割ってかけたわ。それから、からむしが風あたんねえように秋に刈っといた茅《かや》で囲いしたのや。風あたっと皮が赤くなっちゃうの。

アサだけは毎年、種撒かねえなんねえ。あれは女の人が皮剥いだんだ。俺ら男てえは、アサを刈ってきて葉っぱをとって束にして持ってくるだけ。それを干したの。それをカラカラに干したやつを一晩中水に浸けて。浸け場といって苗代なんかに利用したんだ。折れて皮が剥がれるまで浸した。それから、からむし剥ぎとおんなじでうわっかわの皮を剥いでやった。干したやつを水さ浸けて剥ぐんだから引く（繊維をとる）のは秋だな。稲刈り前《メエ》か。今でもどこかに（苧《お》引き）盤《ばん》があるはずだなあ。俺は引くのはやったことねえけど、朴の木の板の上で金具でこすって。女の人は毎日やってたんだわあ。そんだから外の仕事は男てえばっかりで、秋の大根作り、菜っ葉作りなんのは男てえばっかりやってた。女てえはアサの始末。大変な仕事だったんだあ。子どもなんのも雷様雨《らいさまあめ》なんかあっと、干したアサ、雨にあたんねえように大急ぎで集めてまるってやあ。子どもでもなんでもみんなそういう仕事やってた。遊んでばっかりいられなかった。

冬は女の人はアサの仕事。昔は蚊帳《かや》ってあったべえ。夏うち（夏の間）蚊を避《よ》けて。あれ戦後ほとんどなくなっちゃったわい。薬で殺しちまうからなあ。昔は薬がないから蚊帳。それこそ、四人《ヨッタリ》も五人も入る蚊帳と、一人か二人入る蚊帳といくつもあったんだぞ。全部それアサつないで糸作って織って、それをつないで作ってたんだよ。うちもあっぺやあ。捨てはしねえから。どこの家《うち》だってみんなあった。アサでやってたの。からむしは越後さ出してたの。

お母さんが機《はた》二台くれえ仕掛けて機織りしてた。冬は苧績《おう》み。女子《オナゴ》てえの仕事で、まるまっけえ苧桶《おぼけ》、あれさこうつないでは入れて。おしゃべりしたりしてやってるのや。股引《ももひき》なんか全部アサで。股《また》の裁ち方が違うんだ。紐だけで結んで。田ん中の仕事は全部それ履いてやってたんだから。布股引《ぬのももひき》っていうやつ。とても涼しくていいのや。昔は畑仕事でも何でもそれ履いてたんだから。田仕事から畑仕事から山さ行くったってそれで歩く人なんぼかいた。涼しくて、春から夏、秋まで。それがだんだんなくなって木綿でやってたんだなあ。

うちは家、火事で焼けて建て直したんだが、元の家《うち》はこの倍もあったべえ。大きな家《うち》。今は昔と比べたら半分だ。こんなの住宅専用だもん。昔はいろいろ作業場になる。だから大きな家だったんだよ。からむし剥ぎなんてだいぶやったわい。兵隊行くまでやってたわい。兵隊行ってからは少なくなっちまったんだべ。みんな若いてえが出ちゃったからできなくなっちゃった。

アサもそう。今ではアサの葉っぱなんか捕まってなあ。大騒ぎ。あのころはアサの葉っぱなんか邪魔で燃やしてたんだ。なあにも感じねえ。戦後だわやあ！許可制になったの。何か麻薬の原料だなんていうんで、全部許可とって木の板さ印をして、そうして作ってた。

それと養蚕やってたべ。春蚕《はるこ》に夏蚕《なつこ》に晩秋と三回。だから一年中ほんにぃ暇なしだったわや。家内工業や。家内じゅうでみんな分担して、いろいろできる仕事やってたわけや。年とった人は剥いだり何かして、あんまうるさく立ち回ることねえ仕事。年の若い人が、山さ行って刈り取りやって、それ背負《しょ》ってきたり、剥いだり片付けをしたりして。いろいろ能力に応じて分担してやってたのや。

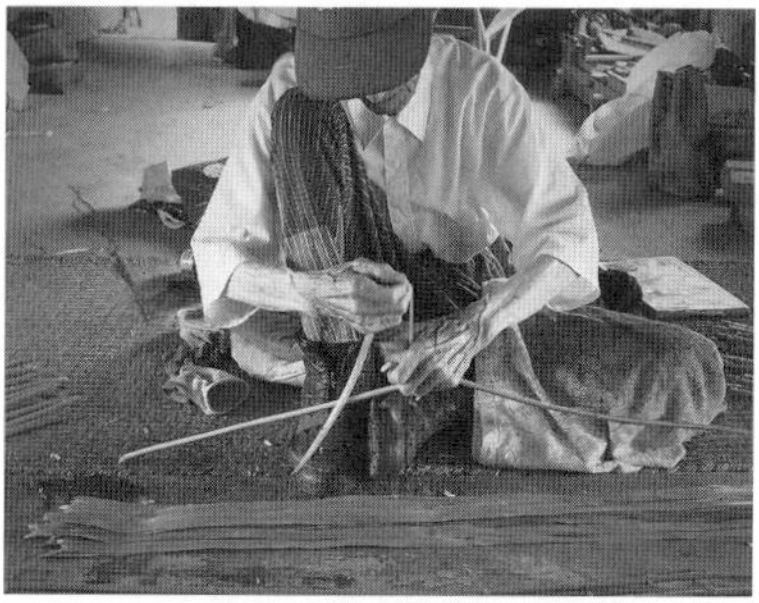

①からむし剥ぎ（五十嵐善信さん）

②からむし引き（五十嵐玲子さん）

③苧績み（本名オマキさん）

④地機織り（五十嵐良さん）

# 天秤《てんびん》担ぎ

　昔は下肥が何よりの肥料だったんだ。どこの家も使ってただあ。捨てるなんてなくて。そうしてだんだん化学発達して手撒きの肥料もできたから、それに移ったから下肥使わなくなった。ひとっころ、どこのうちもみんな下肥大事にしておいて、天秤で山さ担いでってて。そうして、水を汲んで薄めて使ったのや。あらゆる作りさは、アサ畑、からむし畑、野菜畑とみんな下肥使っただ。ただ、投げる（捨てる）必要なかったんだ。

　天秤担ぎって、あれ幾組もあったの。小さいやつから大きいやつまで幾通りもあって。天秤棒っつって、杉の木の、なんちゅうの、芯か。あれで作ったの。両脇さ肥桶《こえおけ》やって。山の蔓を伐ってきて、藤蔓、年じゅうかけたり外したり。昔、針金なんて使わねえで、そういう山の自然の蔓を、担ぐあれにしたの。ぶどう蔓だの山から採ってきて。みんな手作りでやったんだ。天秤棒ってみんなわが(自分で)こしぇえて(作って)。買ってくるなんてなかった。天秤担ぎって半分駆け足だから。タッタッタッタッ！　のろのろで歩ってらんねえの。野尻の向こう、上り坂だから、ひと骨折れたの。だからみんな体も丈夫だったんだあ。

## 雪国の暮らし

昔は雪、大変だっただ、ほんと。電線が邪魔になるくれえ積ったの。家のそばなんの、雪下ろしで雪溜まっててくから道路だんだん高くなっていくべえ。しめえに（しまいには）電線、頭くっつくように（笑）。蝙蝠《こうもり》なんの、傘なんの、唐傘《から》なんのお、さして歩くと大丈夫なんだが。昔はその程度まで雪降ったから、大変な雪だったんだよ。

雪下ろししたときなんのは、玄関ちょうど家《うち》の真ん中だべ。屋根から雪落としてくっから、軒先まで雪、山のようにあった。だからもう二階の戸開けて出入り《デヘエ》（笑）。まあ、ひどいとき、ごくちょっこらの間だけど。雪深くなっとだんだん積っていくから片付けんの大変だったの。雪のやり場なかった。下《しも》っ手の家《うち》の前、うちの畑だから、そこまで雪運んだの。

道路はかんじきで踏むだけだと、ぬかってしょうねえから、踏みっ俵《たわら》っつって専用のやつで踏み固めて。藁を編んで、丸く長くして取っ手つけて。片脚ずつ入《い》っちぇ。踏みっ俵っつって、各家みんなこしぇえたんだわ。

奥会津博物館の踏み俵（右）と藁沓《わらぐつ》

ゲンベイ
小林盛雄さんが作ったデザインの違うものを片足ずつ撮影

普通は子ども歩く所、よく踏み固めっから、学校行くときは簡単なゲンベイ履いてた。それとちょっと高め（ふくらはぎくらいまで）の半長靴《はんながぐつ》のようなの（深沓《ふかぐつ》）編んで。少々雪あってても行かれっから。藁あったけえだあ。濡れっと重いけど。毎日、囲炉裏んとこさ持ってきて吊るしたり、下さ置いておけば乾いた。

冬囲《がこ》いの茅刈りは、秋になって霜が降《ふ》ってからやる。霜降んねえうちだと、茅ちょっと触《さわ》っと手なんか切れんの。霜降っちまうと大丈夫だから。霜のために、葉っぱのとこが変形すんだべ、あれ。

冬囲いは茅刈ってくっと、男てえでやんだ。細木したとこさ、二把ずつこうやって縄で作ったんだ。上の所、叩いて平らに揃えて見栄え良くして。茅使ったけど、もともとは苧殻《おがら》（表皮を剥いだアサの茎）を使ったの。麻殻《あさがら》。あれだと、きれいにできんの。茅はそれより一段下になんのや（笑）。入《はい》りっ口だの見栄え良くして、きれいに

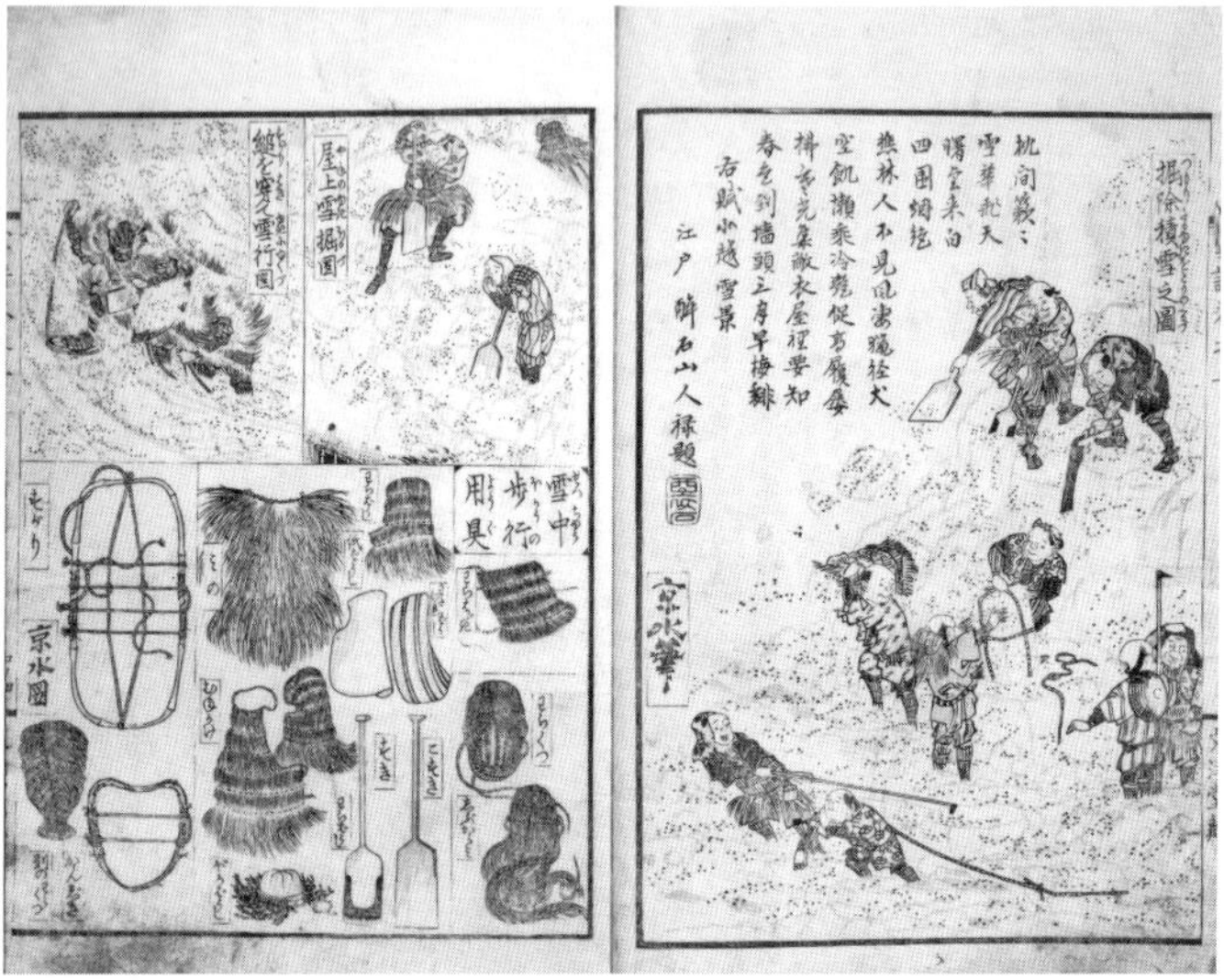


『北越雪譜』「屋《やね》上《の》雪《ゆき》掘《ほる》図《づ》」（天保6〈1835〉年刊行）には「こすき」（昭和村では「コウシキ」）で屋根の雪を下ろす様子が描かれている（写真提供：鈴木牧之記念館）

作ったのや。アサ作んなくなって冬囲いの見栄え落ちたが、その代わり、雪も降んなくなった。はっはっは（笑）。昔から見たら、今は半分も降んねえくれえだわや。大変だったんだよ、昔は。

コウシキっちゅう雪べら。（茅葺）屋根から雪最初に下ろすときに、上で区切っとせえ、ザーッと落ちていくから。とても使い良かっただ。スコップだと途中で曲がりがついてて下まで通んねえわけ。コウシキってやつだと、下までまっすぐに通っから。一間《けん》、六尺くらいの長さのやつでやってたから（一間＝六尺、約一八二㎝）。

あれは大工も作ったが、ちょっと手利きなてえはわが作ったわや。おらはわが作ったんだもん。大工頼むと日当とられっから。ブナ材を割《さ》いて、そこカンナかけてきれいにして。自分で作っと好きなようにできんだから。

# 材木屋の手伝い

家の前に「ヤマツ（⺀ツ）」って材木屋あったの。昔はトラックなんのあんまなかったから、大芦から野尻まで木材を川流ししただわ。昔の輸送手段だ。人夫だけ金かかんが、川ん中なら輸送代はかかんねえ。大芦で冬うち集めた材木、松の木だの栗だの杉だの、みんな大体一三尺（約四ｍ）に切ったやつ玉川にぶっこんで、「春水《はるみず》」っちゅうて水が豊富なときに流した。一番の豪水《ごうすい》のころはやらんねえだ。そうでねえと止め破って新潟だって行っちまう（笑）。その中《ちゅう》加減がなかなか面倒や。時々、川ん中の大きな石さ、材木引っかかった所、外し外しして。到着したのを下《しも》で揚げる人がいんの。そうして、四人《ヨッタリ》くれえで、トットットットッ工場《こうば》まで運んだあ。馬車運搬もあった。

昔は、ヤマツって大盛《おおさか》りだったあ。川流しするてえに、陸送するてえに、職人が大《たい》勢《ぜい》だったわやあ。俺も若い始まりのころは、材木流しに出たんだ。体格いいから日当いたって高かったの！　いい稼ぎになったんだわい！　とんび（幅広の刃のついた鍬）一丁で草鞋履いて。草鞋履かねえと川ん中滑っから。

トラックの運転もやったわや。ガソリンと木炭だな。木炭は手間とった。大きなタンクがあって、そこに木っ端《こぱ》だの炭だの入れてガーガーガーと扇風機まわして、火カッカッさせて、そうしてガスを作って、それをエンジンさ送って走ったんだもん。やってたわや！

うめおさんの家の前の材木屋「ヤマツ」で生まれ育った渡部静子さんによると、静子さんの母ヨネさんは、住み込みで働く職人たちのために、毎朝三時に起きて、朝食や弁当の準備をしていたという。晩年には、「おれはまんま炊きに生まっちゃとおんなしだわあ」とよく言っていた。静子さんも学校から帰ると、大きな桶で五升ずつ米を研がなければならなかった。両手で米をギュッギュッギュッギュッギュッ。白水《しろみず》（米の研ぎ汁）はバケツに入れて馬に飲ませた。

山で伐採された「ぼだ」（材木）は、橇《そり》か馬車で川の傍まで運搬し、雪解けで川が増水する春先に流した。川の中で材木が石に引っかかったりすると、職人が材木に飛び乗り、とんび鍬を使って流した。工場《こうば》の「土場《どば》」で材木を止めて製材し、トロッコで道路まで揚げて、トラックで（会津）若松に運搬した。

ヤマツには大きなトラックが二台あったが、戦時中、一台は国に没収された。そのころのトラックは炭でエンジンをかけていた。大きなままでは炭を入れられないので、夕方、車乗りの男たちがヤマツの店の前で真っ黒になって炭割りをしていた。

材木の川流し（只見町布沢、1955年ごろ）
（『あゝ 故郷ふざわ あの時 あの人 あの山河－想い出の写真集－』ふざわ楽しさと元気づくりのみんなの会発行から転載）

## かんむくり

昔、「かんむくり」ってあったの。税務署から密造酒摘発の役人来てたんだわあ。こそーっと来て、いきなり農家の勝手の方入ってかきまわすから、「かんむくり」っちゅうの。

「かんむくり来た！」っちゅうと、川口から電話が来んだもん。「じき昭和さ、行くぞー！　気ぃつけろー」って。そうすっと、どぶろくねえ家ねえくれえだから、みんな「それっ！」ちゅうんで、川端《かわばた》さ運んだだあ。堤防も何にもねえ時代《ジデエ》で、川端は柳と笹むらだったから隠し場所があったのや。「かんむくり来たー！」っちゅうと、それこそ空襲警報より伝達が速いから（笑）。

税務署の役人、やっぴし（たびたび）来ただから。うちは川の近くだから、女子《オナゴ》の人何人も運んで通《とお》ったんだ。川にどぶろく投げちまうと、川真っ白になりなりしたっつって話だったんだから。前の材木屋、職人が大勢《たいぜい》いたから、酒屋の専門の桶持ってきてやってただ。ひと樽でこしぇえたあ！　大したんだあ！

材木屋「ヤマツ」では、職人たちの晩酌用に結構な量のどぶろくを作ったと、ヤマツの次女、渡部静子さんが話して聞かせてくれた。ごはんをふかして広げ、人肌加減になったところ、天井に置かれた、桶屋で作ってもらったどぶろく専門の桶に入れ、中津川で買ったどぶろくのもとと麹と水を加え、大きなへらで混ぜる。蓋をした桶に藁を立てかけておくと酸っぱくなることはほとんどなかった。それでも酸っぱくなってしまったどぶろくは、ごはん蒸し（鍋）にボウルを入れ、その上に蓋を逆さにしたものをかぶせ、雪をのせて鍋を火にかけて焼酎をとった。

毎晩、どぶろくをスキンノウ（米を蒸すのに使うアサで織った布）で搾るのが静子さんの仕事だった。一度スキンノウで絞り、それでは濃いので、少し水を混ぜてもう一度搾る。水を入れ過ぎて味が落ちないように味をみながら搾った。

当時、電話がある家はあまりなかったが、ヤマツには電話があったので、金山から「今、かんむくり行ったぞー！」と連絡が来ることがあった。そうすると、静子さんは急いでどぶろくをバケツに入れて、うめおさんの家の脇の道を通って、川端の柳の林にどぶろくを隠しに行った。蓋に屋号が入ったものを使っては、税務署にばれてしまうので、母には、「ヤマツの蓋はやんなよー」と念を押された。

静子さんは、今も実家から道を渡ってすぐの家に暮らしている。静子さんのもとには、夫亡きあとも近所の人たちがよくお茶飲みにやってきて、山の幸や畑の新鮮野菜など旬の食材たっぷりの静子さんの手料理を楽しむ。うめおさんも、「仲人でもあるし、心やすいとこがあっから」と、ちょくちょく静子さんの家でお茶を飲みながら昔の話などをしている。静子さんは今でもうめおさんに、「にしゃ（お前さん）、よく川端歩ってたぞなあ」と言われる。

お茶飲みにやってくる近所の人たちを気さくにもてなす渡部静子さん（1933〈昭和８〉年生まれ）
（写真提供：全国コミュニティライフサポートセンター）

## 裁縫教室と青年学校

俺のお母さんの名前はハルヨ。いい悪《ワリ》いんなく厳しかったなあ。何でもできる人だあ。裁縫の先生までやってたあ。田島あたりさ、年季こめてやってきて、それから教えてたんだ。裁縫教室、野尻に二軒くれえあったべや。おら家《いえ》とそこ出たとこのすがや（菅家《かんけ》）。冬になっとはあ、二階いっぱいくれえ大勢《たいぜい》集まって。多いときには二〇人も来てたわやあ。

中向《ナカムケエ》から一里ばあ（ばかり）行ったとこに吉尾《よしゅう》って部落あったんだ。あそこの村のてえ、三、四人《ヨッタリ》、家《うち》に泊まりに来てた。吉尾から通うようねえから、家《うち》に泊まって裁縫やってたの。布沢《ふざわ》（只見町）の人なんのお、ミツ子だっけかあ。前の家《うち》のいとこで、夏うち、向こう（布沢）の百姓仕事して、冬になっとこっち泊まりに来て、ヤマッ手伝ったり、うちさ裁縫教わりに来たりで。俺が高等になったか、そのころだな。

裁縫教室の人たちの手による作品がお不動様に奉納されている

昭和十四（一九三九）年ころかなあ（実際は十二年）。青年学校できっと、そこで集団的に教えるようになった。裁縫の先生も来て、女子《オナゴ》てえは裁縫なのやってたのや。それで青年学校できてからは、家で裁縫教えんのやめたのや。

男てえは兵隊に行ぐまでの予備教育。軍隊行った経験者が指導員になってやってたの。青年学校は算数はやらなかったんだが、読本《とくほん》なのあって本を読んだり、あとは行進だとか右に倣えだとか戦争の練習やる。大抵午後、半日《はんぴ》だったな。

ヤマツに泊まって、うめおさんの母の裁縫教室に通っていた「布沢のミツ子」というのは、只見町布沢集落のブナ林の保護に尽力してきた刈屋晃吉《こうきち》さんの母ミツさんのことだ。渡部静子さんの父、渡部源作さんは、布沢からミツさんがやって来ると、「ミイ、来たぞお！」と娘のようにあたたかく迎えていたそうだ。

「恵みの森」（只見町布沢）を案内する刈屋晃吉さん（1943〈昭和18〉年生まれ）（鈴木澄雄さん撮影。写真提供：刈屋晃吉さん）

高校を卒業して只見町役場の職員となった晃吉さんは、就職して数年経った昭和四十（一九六五）年ごろ、出張で昭和村を訪れた。母からいつも「昭和に寄ったら必ず、先生（うめおさんの母ハルヨさん）の家に顔出せよ」と言われていたので、うめおさんの家を訪ねたところ、絣の着物にもんぺを履いたハルヨさんが喜んで晃吉さんを迎え入れ、お茶を出してくれた。秋口だったろうか、薪ストーブのそばで手作りの麦芽飴を舐めながら、ハルヨさんと向かい合って母（ミツさん）の昔話などをした。そのときは、働き盛りのうめおさんも、うめおさんの家族も家にいなかった。ハルヨさんと話していて、教養のある人だなあと晃吉さんは思ったという。

若い晃吉さんが本音で話していると、ハルヨさんは、「そうでなくちゃだめだ！」なんて同調してくれたり、「お前《メエ》は聞かん坊だなあ」と言われたり。「社会人になったんだから、先輩を大切にしろ」「親を大切にしろよ」「上司の話はよく聞けよ」などと、人との付き合い方や礼儀などを教えられた。
教育熱心で、躾に厳しい人だという印象を受けた。忘れられないのは、「お前《メェ》が一人前になるまでに吉尾峠を車が通れるようにしろよ！　野尻と布沢が近くなるし、今以上につき合いができるようになるからなあ。お前《メェ》ならできる！　役場職員の務めだぞ！」と言われたことだ。布沢と昭和村を結ぶ吉尾峠（銀山街道の一部）を車で通れるようにすることは、今も晃吉さんの夢だ。もしかしたらあのときのハルヨさんの言葉がずっと心の中に残っているのかもしれない。

実は、布沢にも裁縫教室はあった。それなのに、野尻でヤマツに寝泊まりしながらミツさんがうめおさんの家で裁縫を学んだのには訳があった。

布沢のミツさんの家のすぐ近所に、実際にはミツさんのいとこなのだが、事情により戸籍上は弟とされた昇《のぼる》という男の子がいた。不幸な生い立ちのために、小さなころから苦労が絶えなかった二つ下の昇さんのことを、ミツさんは、弟として常に気にかけてきた。五歳のとき、昇さんは野尻の渡部源作さんの家（屋号ヤマツ）に養子としてもらわれることになった。すぐ裏の青木家同様、子どものいなかった渡部家だったが、一つ大きく違ったのは、昇さんがヤマツの養子になった後、渡部家では息子、娘が次々と生まれたことだ。昇さんは大変優秀で、学校で飛び級をするほど頭が良かった。源作さんは昇さんに、「ヤマツの跡をとれ」と言ったそうだが、実の子がいるのに自分が跡を継ぐ訳にはいかないと昇さんは感じていた。

18歳ごろの刈屋ミツさん
（1911〈明治44〉年生まれ）
（写真提供：刈屋晃吉さん）

ミツさんはそんな昇さんのこ

26歳ごろの渡部昇さん
（1913〈大正２〉年生まれ）
（写真提供：刈屋晃吉さん）

とが気がかりで、冬の間、野尻のヤマツで手伝いをしながら、すぐ裏のうめおさんの家で裁縫を学んだ。ヤマツでミツさんは、毎晩のように昇さんと話をした。昇さんはミツさんに「ミイ姉《あね》、俺は医者になりたいんだ」と話していたそうだ。戦争が大嫌いで、兵隊が大嫌いだった昇さんではあったが、招集により、若松の歩兵第二九連隊に入隊した。医者になるために除隊を早められないかと昇さんはやれるだけのことはやったが、遂に道は開かれなかった。

昭和十七（一九四二）年十月、少尉として赴いたガダルカナル島で、昇さんは戦死した。昇さんの命日のちょうど一年後、晃吉さんが生まれる。

晃吉さんはミツさんから昇さんの話を聞かされて育った。五歳の昇さんが、着物の裾をたくし上げて帯の後ろに挟み、アサの股引に草鞋姿で実父に連れられて吉尾峠を越えて行った、あのときの姿が忘れられない、とミツさんは涙ながらに語った。峠の道を一歩一歩、草鞋の足で踏みしめながら、小さな昇さんは考えていた。野尻の渡部家を追い出されるようなことがあったら、自分は峠の途中の滝つぼに身を投げて死のうと。雪深い夜のヤマツで、うめおさんより八つ年上の昇さんがミツさんにそんな話を語っていた。

平成三十（二〇一八）年に放送されたNHKスペシャル『届かなかった手紙　時をこえた郵便配達』で、昇さんの手紙を受け取る妹の静子さんがテレビ画面に映った。静子さんの父、源作さんに宛てられた昇さんの手紙（遺書）は、アメリカの公文書館で保管された後、七〇年以上の歳月を経て静子さんのもとに届けられた。番組の取材には、晃吉さんも立ち会った。静子さんの家でお茶飲みをしていたうめおさんの姿も少しだけ映っている。

# 第二章　軍隊の日々

# 北朝鮮から横須賀へ

昭和十六(一九四一)年の春、五月に徴兵検査したんだ。甲種合格。高田で終わって、それから東京見物行ってくるっつって、その足で東京さ遊びに行った。約一月《ひと》歩ってきたの。うちのいとこが下谷の二丁町《にちょうまち》で工場《こうば》やってたんだ。印刷とカーボン紙。鉄道省と郵政省の納め所《どころ》だったのや。俺、行ってるころは二代目だったの。先代の人は年とって辞めて、新宿の大山町あっぺえ。あそこさ、家《うち》建てて引っ越してって。あのころ、満鉄株なんの大変儲かったのや。大成功で。だが一文も残らなかった。

上野駅から歩いて、いとこの自宅さ行って泊まって、一人で毎日そっち歩き、こっち歩き歩ってたの。いとこ日暮里に下宿して二丁町さ勤めてたんだが、日暮里はそれこそ貧民窟で。あそこらは、コンクリの建物何ひとつもなく、小《ちい》ちぇえ家ごちゃごちゃごちゃごちゃ、いーっぱい建ってただわ。千葉の方にもいとこいたから、あっち泊まり、こっち泊まりして。毎日一人で地図を頼りに方々歩いてた。だから東京はわかってたの。

大東亜戦争が始まったのが昭和十六年十二月八日だったべ。俺は二日遅れて十日が入営。郡山集合で羅津《らしん》重砲兵連隊に配属された。北朝鮮の七四〇〇部隊か。原隊《げんたい》から下士官が迎《ムケ》えに来て、その人に連れらっちぇえ。郡山から広島まで行って、あそこでまた身体検査あった。あそこで返さっちゃあ人もいんだ。俺は大丈夫だっちゅうんで、今度《コンダア》は船に乗って、夕方、下関行って、夜中は船危ないからっちゅって、翌朝、玄界灘行って、釜山《ふさん》さ上がって。釜山から北朝鮮までだいぶあんだよ、距離が。北朝鮮の北っ端《ぱし》の方に雄基《ゆうき》っちゅう町があって、そこに連隊があったの。ウラジオ（浦塩／浦潮、ウラジオストック）と対岸。対岸ったって遠いけど。田舎町で、貧乏村で工場などなかったな。冬行ったんだが、百姓が裸足で歩ってた。よっぽ（よほど）の貧乏村。そこさ新しく連隊ができて、俺は二年目に入ったわ。中向の人《ナカムケエ》が俺より一年早くそこに兵隊に行ってきたんだが、からだ悪《ワリ》くって三カ月ばあ（ばかり）で現役免除になって帰ってきた。そこさ俺行ったの。冬うちに来たから、いやあ、寒い。あそこに六カ月いた。十二月に行って（昭和十七年）六月に帰ってきた。

砲台の守備にまで就いたんだっけが、あのころはもう飛行機の時代《ジデエ》だったから要塞の用がなかった。船なんかで来なくて空襲の時代《ジデエ》だった。だから、一応任務に就いたんだけど、何で選抜されたんだか上司さ呼ばらっちぇえ、「青木、お前《メエ》、横須賀の重砲兵学校へ分遣にやりたいと思うんだがどうだ？」って聞かっちゃが、兵隊行ったばあで重砲兵学校ってどんなもんだかわかんねえべえ。内地さ来《キ》られるっちゅう、それがあったから、「行きます。お願いします！」っつった。

陸軍重砲兵学校に分遣するっちゅうんで、連隊から四人《ヨッタリ》で来た。六月二十五日に向こう出発して七月一日に入校すっといいって。あのころでなあ、横須賀までの運賃が二六円もらってきたっけだ。二六円だよ。今、ここらでお菓子一《ひと》袋だって買えねえくれえだ。自分は間違《マチゲ》えが多いから、急行に乗んねえで、普通列車で横椅子いっぱい使って行く予定を組んで。そうしたら一人、新潟から行ったやつ、鉄道員でや。だから鉄道明るいわあ。駅で時間表持ってきて、何時に乗っと、どこで乗り換えっと急行乗られるって。それで急行で来て俺は東京のいとこんちさ泊まったんだ。

北海道から来た男は、便所の中で銭見っけてやあ。八〇〇円！　あのころ大金だったよお！　八〇〇円の札束見っけてきて、兵隊だからそれ駅に届けたっぺ。そしたらあのころ謝礼に一割あったべえ。「いらねえ」っちゅうのに聞かねえで、「礼だから」っつって。金持ちだったんだべえ、その人。

上野の駅前に旅館あんだが、「にしゃ（お前）金持ってんだから、ここに泊まってろ」って、北海道の男、そこに二晩泊まった。原ノ町（南相馬）から行った男は、「俺はまっすぐに泊まってくる」って常磐線で行っちゃった。新潟の大将、鉄道員、それも旅館に泊まった。七月一日でよかったんだが六月三十日に、一日早く行ぐべえっちゅうことで集まって行ったら、「早く来る馬鹿あっか。戻って今一晩《ひとばん》泊まってこお!」なんて(笑)。それが横須賀の生活の始まりで。北朝鮮なんのいっと、なじょおなってたか(どうなっていたか)なあ。後で聞いたんだが、残った部隊みんな南方さ行ったらしい。

うめおさん 21歳
横須賀の陸軍重砲兵学校玄関前にて
(1942年)

## 陸軍重砲兵学校

陸軍重砲兵学校って横須賀の外れにあんだ（現・馬堀《まぼり》自然教育園）。浦賀の反対側。おらいた兵舎のあったとこは下の窪で、町の区分さ入って一般住宅になったが、上の平《テエラ》は演習場だったの。小原台っつって台地があるんだ、高い所。東京湾のまっすぐ上んとこ。今はそこに防衛大ができてんのや。

横須賀へ来て約三年半いたのか。全部で一五〇〇人くれえいたんだ。ずねえ（大きい）会社とおんなじ。男も女も年とった人も若い人もいっぱいだったわや。普通の軍隊だと兵隊ばっかだが、俺たちんとこ、そうでなかった。事務室は女の子めら（子ども）ばっかりだし（笑）。いろいろの課があったから五、六〇人いんだあ。みんな学校の近くの人、勤め人。あの近所のてえ（人たち）、ほとんど重砲兵学校勤めてたわや。

その上役にだけ軍人がいたのや。俺たちなのお、使役中隊っつって、いろいろ仕事する兵隊は二個中隊で二〇〇人くれえしかいねえが、あとは学生。各連隊の幹部候補生の集まり。幹候隊《かんこうたい》。それぞれから将校生として各砲台の中尉少尉のてえが集まる。それから練習隊、下士官学校なんのお、上級から下級まで学校いくつもあったから。地方人がうんと大勢《たいぜい》いんの。おらたちいたころには加嶋少将か。加嶋三郎っちゅう人が校長だった。

一部屋二十何人の大部屋に、ベッドが部屋じゅう、ぐるーっとあって、藁布団に毛布。藁布団は丈夫な布袋に藁を入れて、天気のいいときは外さ出してあぶったり。寝心地いいわや。枕は籾殻枕だったよ。

飯は白い半搗《つ》き米《まい》。それから最終の半年くれえは傷つき米《まい》っちゅうて、玄米さ、ちーっと傷ついただけのやつ。ほとんど玄米だ。最終はそうだったな。入ったときには白米だった。白米から半搗き米になって、それからしめえに（しまいには）傷つき米になって。半搗き米は半分くれえしか搗かねえの。だから汚ねえ話だが、野良うんこなんかしっちゅうと、小糠の分なんぼ噛んで食ったようでもあのまんま出てくんだ。ほっくりしてっから籾殻撒いたとおんなじようになって。小糠は消化が悪《ワリ》いの。胃腸で消化しねえから。

# 通信兵

俺、重砲兵連隊にいたが、通信の方だから大砲撃ったことはねえ。有線通信で電話の係の兵隊だった。だから交換機、あれ半年くれえやったよ。昼は女のてえが勤めてんが、夕方帰っちまうべえ。そうすっと夜間の電話の番に二人くれえで電話の交換。旧式のやつ。番号呼び出し来《く》っと片一方突っ込んで、そうして「どこどこー」って言われっと、それ番号探して今度《コンダア》は片方のやつを操作する。

無線の連中はピッピッピッピッピッてやってた。俺たちは電話機を背負って歩って、電話線を伸ばして陣地と陣地の間をつないでたのや。電話線一つ一〇〇〇メーターくれえあるのを金《かね》の胴さ巻いて。電話線四巻《かん》、遠距離だっちゅうと八つくれえ背負って駆け足だから、だいぶ重てえだ。だから脚丈夫なのやあ。のったらのったら歩いてんでねえだから。必ず駆け足なんだから。通信兵は一刻も早く通信を作んねえなんねえから、いつも駆け足。兵門出っと駆け足。午前中、荷物下ろさねえで駆け足。そんじゃったって「休め」なんて言われねえ。海岸の町ってみんなそうだが、横須賀の町も平《テエ》らんねぇ。しめえに駆け足なんのなんねえわやあ！

横須賀から鎌倉の八幡宮の境内まで一つの線でつなぐに、電話線六〇巻も持ってていかねえなんねえ。電話線、一人四つくれえずつは背負っていくんだが、あと持つようねえからトラックさ積んで、鎌倉まで何回も演習行った。

あと、たまには手旗信号だのやった。現字《げんじ》通信。右手に赤旗、左手に白旗で、カタカナ書くようにして。今でもできるよ！　遠距離をやるときにはモールス。大きな旗でトンツートンツーでやんの。これがまたあ、らっちゃあなくて（埒あかなくて）（笑）。イロハのイは、「伊東」（・－）、ロは「路上歩行」（・－・－）、ハは「ハーモニカ」

「和尚焼香」（・－－－）、キは「聞いて報告」（－・－・・）。みんなそういう言葉であれ（－・・・）って覚えてたのや。アは「あー言うとこう言う」（－－・－－）、ヲは「和

だわあ。その頭でやっていたから。

手旗を持つ軍隊時代のうめおさん

手旗現字通信を披露してくれるうめおさん
100歳（2021年6月）

## 馬堀で遊泳

夏うち（夏の間）一カ月、昼飯《チュウハン》食うと、ふんどし一丁で毎日三時まで馬堀《まぼり》の海で遊泳だ。向こうに海軍の島あんだ。猿島っちゅう島。馬堀の海岸ずーっと海水浴場になってんだわあ。その浅瀬んとこから猿島めがけて、猿島まで上がんねえで途中で戻ってくんだが約一里あったあ。四キロあったあ。そこ往復泳いだの。船一艘ついてった。俺、山ん中から出たが泳ぎは達者な方だった（笑）。

ちいっと手前の方は水あったけえからさすけねえ（問題ない、大丈夫だ）が、猿島の方へ行くと海が深いから、一メーター下うーんとひゃっけえ（冷たい）のな。ものすごい水温が低いの。だから痙攣起こして死んだてえ、なんぼかいんだ。横須賀に二個中隊いたんだが、泳ぐてえは二〇人といなかったんだから。

あのころは、ほんに体格もよかったわやあ。二食食われるやつはたった一人しかいなかった。炊事上等兵が一食分、飯盒《はんごう》持ってって特別預かってきて俺二食分食ってた。体重なんぼあったべなあ。六五キロ以上だったべかあ、七〇キロあったべかあ。背も大きな方だった。昔、兵隊のころ、一七三か四あったんだ。今、ちっと一六八くれえになったべえが。あっはっは（笑）。

## 便所のかっぱらい

軍隊は便所だけは、それこそ不自由しねえであるはあった。数が多かった。汲み取り式の旧式の便所。よく古年兵《こねんへい》のやつら、帽子古くなっとそれ投げて（捨てて）、初年兵の帽子、便所でとっぱらってきてかぶってんの。帽子かぶんねえなんちゅうわけいかねえべえ。それ、かっぱらうに一番いいのは便所なの。便所、戸を開ける、片一方うんちやってっから追っかけて出れねえ。そういうあれがあったなあ。頭も良かったたぞお、兵隊（笑）。

休み時間ちゅうと各中隊みんな一緒だから、そうすっと便所ほとんど満員だ。手ぇかけりゃ、こっちしゃがんでっとこ帽子ポイッと盗《と》って、バターン！と戸ぉ締めて逃げてきちゃうだから。速いんだあ、とても。頬かむりしたくれえでやってくるから、どこの兵隊だかわかんねえ。よその隊でも何でも行ってやってくんだ。

それとシャツ類。シャツ類、洗わねえなんねえのめんどくせえ。そっだのみんな洗濯場《ば》さ行って盗ってくる。そんだから、やかましい中隊は、必ず干し物番兵つけた。今日はどこどこは何人って割り当てして、洗濯干し場決まってっから、そこに監視つけた。そうでねえとサッと持ってかれんだ。

それから履物の靴。営内靴《えいないか》って中（室内）履くズック靴あったの。いっぺん、俺も捕まってやあ（笑）。京都から来た青山っちゅう古年兵。あれの「山」消して「木」書くとせえ、俺がな（俺のもの）になっぺえ。だから青山いい靴あっからそれ持ってきて、「山」を消して「木」と書いとせ。したっけ、来たわやあ！「青木いたかー！」なんて。あれは芸者屋の息子でなあ。体格のいい、おとなしい人でや。いい男だっけど、今度《コンダア》はそうでもねえ。青木だってめったにいねえから。ほんにいねえど。おらの中隊にいなかったもん。青木っちゅうの俺だけだったた。「青木だあ！　いたー！　靴見せろー！」なんてやって来て（笑）。「青山」と書かれたの小刀で切り取って、たわしゴシゴシかけて「木」と書いたのばれて！　あっはっは（笑）。また取り消して「山」と書き直して戻してやったわや！　怒らっちゃだけで済んだあ（笑）。

外履くのは編上靴《へんじょうか》。あみあげぐつ。これ盗ってく人はあんまいねえな。これだけは足に当ててみねえと。営内靴はなんちゅうことねえや。誰でもおんなじに作ってあるんだべえ。スリッパの代わりや。営内靴ってズック靴。古年兵になっと、そんなの取りになど行かねえべ。中隊に被服係、必ず一人出てっから。品物預かってやってっから。そこさ行ってもらってくっとせえ、新しい靴履かれんのや。面倒して犯人捜しなんのすっことねえ。シャツでも何でもみんなある。ふんどしまであんだから。

## 兵隊のお国柄

横須賀の重砲兵連隊は全国から集まってるんだあ。北は千島樺太から南は台湾、基隆《キールン》まで。やっぱ集まっと地方色があんのやあ。人種の集まりとおんなじだわやあ。台湾は九州のてえがあっちの連隊さ入って、それから分遣になってくっから九州とおんなじや。北海道は横着っちゅうか、なまくれえっちゅうかなあ。横着者が多いって。東北人はなまずるい。のろまだが、どうも扱いにくいって。関東ものは嘘こきだ。嘘っちゅうより上手《じょうず》こきだって。やるやんねえは別として具合よく返事するっちゅう話や。関西ものはおべんちゃら。九州ものは無骨。短気だあっちゅうだかあ、気が荒《アレ》えちゅうんだか、頑固一徹で始末になんねえっつって。佐賀もんっちゅうのは、よっぽど嫌わっちぇんだから。佐賀もんが歩ったあとは草も生えねえって。ほんに佐賀もんちゅうのは違うの。気分が違うだ。鹿児島あたりのてえも違うぞお。対馬のてえも、島国ってえもあれも違う。何ちゅうんだがなあ。男気《おとこぎ》っちゅうんだかあ、やくざ気っちゅうんだか何だかなあ。玄界灘の真ん中あっぺえ、あそこから来た野郎、酒好きで、とても。一升瓶買ってきてクワーッとラッパ飲みするわけやあ。気が荒《アレ》えっちゅうんだか何ちゅうんだかなあ。始末なんねえ野郎やあ、とても。酒強いの。平気だあ。無茶やるから、しょっちゅう。「やはずまめ」、あたりてえのあれんねえっちゅうことやあ。あれ、魚とりやってたったのかなあ。漁か何かだったのなあ。奇抜な男だから覚えてんの。ああいうとこに暮らしてるてえは違う。東北人なの聾唖《ろうあ》だわやあ。集まってみっと本当そうだぞお。

軍隊の牢屋は、営倉《えいそう》っちゅうんだが、俺三年半《はん》ばあいるうち、軍隊の法に従わねえで、そこさ入んのは北海道のてえと玄界灘から来た対馬のてえに限ってんだもん。まあ、早い話が「ならずもん」って言うんだか何て言うんだかなあ。従順でねえっていうことかなあ。やっぱり、その土地が影響すんだべえ。

それから沖縄あたりのてえは違う。沖縄あたりのてえはやっぱあ、大まかっちゅうのかなあ。気持ちがずねえっちゅうのか、広《ヒレ》えっちゅうのかなあ。ほんに違う。ころっと違うから。沖縄てえもだいぶいたぞお。あれも酒は好きだぞ、沖縄のてえも。作り酒飲むんだあ。だから、日本酒なんのお、緩くて飲まんねえって。

沖縄は静かだぞ、人間がな。おおらかっちゅうか何ちゅうかな。沖縄連中の気分はほんにぃ、静かだよ。蛇なの見つけっと、火炊いてそこさぶっこんで食うだあって。弁当の代わりに焼いて食うだあって。何蛇でも構わねえんだから。枯草だの枯れ木だの集めて、火ぶっこんで皮ぺろーっと剥《む》いて身だけ食うの。頭とはらわたは投げちまう。

豚なんの殺すときなんのは、長い刺身包丁でいきなり心臓突くの。そうして、ぼこぼこと出た血、みんな洗面器さ取って、それ煮て。そうすっと血がぽっこぽっこと固まっちまうの。それ食ってんの！　平気で。「捨てたことねえ」だって。豚の血？　俺は食わねえ（笑）。

沖縄のてえは言葉は通じるが、日記見っちゅうとな、わかんねえの。あれ特有の言葉で書くだなあ。あれは終戦になったらば、急に沖縄行く船なくて帰るようなくて、しばらく残留で俺たちと三人ばあ残っていた。それから磐梯町の穴沢っちゅう友達、あれ百姓本気でやってたから、沖縄の人一人だか連れてきて一カ月くれえいたって。それから船が自由に行くようになってから送ってやった。

ほんにぃ、特殊だったわやあ。北海道は北海道の気分でいべえし、東北は東北で別だし。ここらはまあ中間ちゅうか何ちゅうかなあ。関東と東北のちょうど中間だから、東京弁はできる、田舎弁はできるでいたんだ。

## 「い」と「え」の使い方

東北人は「え」の使い方がわかんねえのな。「えほん」の「え」、「とりのえさ」の「え」。それから「いど（井戸）」の「い」、「いろり」の「い」。この使い方がわかんねえの。今でもわかんねえよ、おらあ。みんな東北のてえ、そうなの。みんな「いろは」の「い」で用足しちまう。使い方がわかんねえの。

「どこどこへ」だって、「い」使うべえ。「何々《なになに》したまえ」なんて、みんなこの「い」で、ぜーんぶ何でもかんでも「い」で間に合った（笑）。

よく日記検査なんのあっちぇえ。中隊長も大学出だから、その人、日記検査なんの一年にいっぺんくれえありありした。そしたら赤線引かれんのやあ（笑）。

俺、初めて日記検査なったときに、そう言わっちゃってえ、わかんねえわあ（笑）。初等教育に東北、それ厳密にやんなかったらしい。だから何でもこの「いろは」の「い」で間に合わせてた。そういう特徴があったの。よく京都あたりのてえや九州あたりのてえに、「なーに、お前《メエ》、いの使い方、でたらめだわあ！」って笑われ笑われした。

## 夜の動哨《どうしょう》

兵隊はみんな銃剣持ってた。軍曹まで持ってるのかな。それ以上は長いあれ、刀になったが軍曹まで銃剣だったんだ。あとは小銃は中隊に一〇丁ずつくれえあんのやあ。騎銃っちゅって騎兵銃。だから歩兵銃とは違って銃身がちっと短いのや。衛兵用。衛兵は必ずそれ持っててんから。弾はねえだがあ（笑）。夜、動哨に歩くときには銃剣つけて歩かねえなんねえ。

衛兵は営門の前さ立つなが（人）と、それから弾薬庫とだな、大抵は。それが夜んなっと動哨になる。日の中は営門に立って一点だが、夜は動哨で回って歩く。大抵は砲床《ほうしょう》、大砲の弾入っててっとこ、そこが倉庫になってっからぐるーっと土塀がまわってて、そこっとこ、建物いくつもあったの回っべえ。順番が決まってて一時間かけて歩ってくんのやあ。

札掛け所が七カ所くれえあって、歩哨《ほしょう》が、分哨《ぶんしょう》のてえが三人ずつ、全部で六人いるわけだが、初手《しょて》（最初）の人は札掛けてくる。それから次歩った人はそれ外してくる。ところが仲間っこが行ぎつけてっと、相談して回っとこ回んねえで、一番初手んとこさ札みんな置くのや。だから、それ持ってくればいいから一時間腰掛けて居眠りしてくんのや。何《なん》にもねえだから、それもいいのや。何の事件なんのねえだから。真っ暗で誰も来ねえだから。

あるとき、対馬から来た男が衛兵で、夜、銃剣つけて巡察ぐるっと回ってたんだよ。ちょうど戻ってきたとき、歩哨の男に「背中見せろ！」とか言って。あのころ、灯火管制の時代《ジデエ》だから、背中見せろっちゅうとくるっと回って見せねえなんねえ。そうすっと、歩哨の男、あれも九州の男だあなあ、背中に皺寄ってっから壁にぶっかかって（寄りかかって）寝てたのわかんだよ。したら、対馬の男が、「なんだこの野郎ー！ 寝てたなあ！」ちゅっけがあ。銃剣の峰の方で、歩哨の男のここ（頬）さ、ぶん殴ったべえ。「一生消えねえぞお、その傷は」なんて俺言ったが。ここ（頬）さ、銃剣の峰のあれでカーッと殴ったんだもん。手で叩くんでねえんだもん。銃剣も刃の方んねえから、よっぽどはよかったべえが、峰だって厚いんだもの。寝てたんじゃねえだあ（居眠りなどしなければ）、そういうこともなかったんだがなあ。要領が悪《ワリ》いのやあ。要領よくすんだが悪《ワリ》いのやあ。

銃剣について絵を描いて説明する
うめおさん 97歳（2019年2月）

## 上官への仕打ち

兵隊同士はみんな仲良くなんだ。兵隊同士で喧嘩なんてはねえもの。ただし、下士官の気に入んねえやつだのいんの。

京都の洋服屋で、ひでえ野郎いやったんだあ。気に入んねえ下士官の大事な軍隊手帳、あれ燃《も》しちまうんだから。手箱《てばこ》どって（といって）、このくれえの箱あんだよ。貴重品入《い》っちゃり、日記帳、帳面入っちゃりして。軍隊手帳どって一番大事なやつ、置き場所、内部規定で決まってんだ。留守のときは誰もいねえべえ。だから手箱から、軍隊手帳持ってきて、炊事の釜さぶっこんで燃しちまうだ。何人もやった。あれやっと、なした下士官だっておとなしくなっちまうから。そらあ、一番大事な軍隊手帳燃されんだあ！　それまたこしぇぇえて（作って）もらうの、原隊《げんたい》さ理由をつけて申し上げて、それ軍隊でこしぇぇえて寄越さねえなんねえんだ。なした下士官だっておとなしくなっちまうんだから。

　京都の洋服屋だったんだ。俺より一年上だ。それに俺、気に入らっちぇてえ。中隊の被服係やってたの。着物着られなくなったり、ぼろになったり、何かあって汚したりすっと取っ替えてやったり何かして、中隊じゅうの被服の世話してた男だったの。その野郎がとてもわかんなくやって。わかんねえわあ！　留守のとき持ってきて燃しちまうから。ちょっくら一日、二日、気がつかねえべえ。外《そと》出っときに持ってって出ねえなんねえから、そんときに手箱さ手突っ込むとねえから。さあ！　それいつなくなったんだか一つもわかんねえ！

　すげえてえだったぞお、橋爪なんていったかなあ。妙に俺、気に入らっちぇぇえ。「靴下やっぞお！」「ふんどしあっからなあ！」なんて何回ももらった（笑）。

## 体罰

軍隊の靴、軍靴《ぐんか》ってあるんだが、鋲《びょう》がいっぱい打ってあって丈夫な出来やあ。靴の加工兵っていんだあ。中隊から二人か三人ずつくれえ。年中、修理出すから。鋲抜けっと鋲あるし、綻びっと縫って。

軍靴履くとやっぱりピンとしてくるわや。そうだわや。靴は足音遠くからわかんだもん。鋲も五本とか六本でねえんだから、いっぱい付いてんだから。それは引き締まるわやあ、あの音聞くと。

おらたちいた横須賀の兵舎は明治時代《ジデエ》にできた兵舎だから、石畳みの中廊下あって。幅二間《けん》(約三六四cm)あっか。石が平《テエ》らにした石でねえ、ぼこぼこの切り石。中隊じゃ、そこさ座らせられんだ。きかねえ（きつい）曹長などいっと全員そこさ座らせられんの。それが平《テエ》らだとまだあれだが、そうでねえべえ。明治時代《ジデエ》にできた石だから。いやあ、ひでえだあ！

それとか、前支え（腕立て伏せ）！　樫の木でこしぇえた木銃《もくじゅう》どって、鉄砲の代わりに木でこしぇえた練習用のがあったの。それでドーン！　なんて背中叩かれんだあ。前支えも一〇分、二〇分でねえんだ。あれが体罰。一二〇人くれえいんだが、ケツなんの上げたり何かしたらあ、バーンッ！　叩かれちゃう。そういう曹長が軍隊手帳燃されるの（笑）。チャッ！　とおとなしくなっちゃうから。なした人だって駄目だから。命の次だあ！　軍隊手帳（笑）。

この歯全部、総歯《そうば》（総入れ歯）なんだ。ビンタくうべえ。歯食いしばったとこやられっから、上のほうろう質欠けっちゃう。だから虫歯になっちまう。戻ってきたとき虫歯うんとすごかった。若松の歯医者、いとこの人やってたから、そこさ行ったが、しめいにゃ、「おまえの歯の子守はできねえから総歯にしろ」って。若いうちから総歯なんだ、これ。俺、歯欠けたくれえはいい。鼓膜切った人、それから目悪《ワリ》くした人もいた。

あれ、若松あたりの連隊だとそんなこといぐめえ。ここらからみんな行ってっから。

「あれ、ひでえことしたのかあ」とか何とかって帰ってきてから知られっから。横須賀あたりだと全国から集まっているから、とても。ここらの会津のてえなんの誰も行き会ったことねえもんなあ。もっとも重砲のあっとこんねえと重砲兵学校行がねえからだが。若松は歩兵だべえ。一番近いったって磐梯町くれえだ。福島県のうちから十何人くれえしか行ってねえんだもん。

# 岩手の逃亡兵

軍隊生活はおらにとっては、ほんにぃ特別な社会で、初めてのあれだったから、やっぱ印象深いな。よく俺、兵隊の話《はなし》すっと、「よっぱ（飽きるほど）聞いたあ！」なんて言われるが、一番印象深いなあ、やっぱり。

初年兵なんか殴られっぱなしだあ。二年兵になっと、下の兵隊来《く》っから威張りもできんだあ。殴らっちゃり何かもしたが、殴りもしたからあ（笑）。やる方もやったわや！「青木にいっぺん殴られっと一生忘れらんねえ」なんて、やられた人が言い言いしたから、よっぽど痛かったんだな。俺、腕長いから目方の軽いやつは、二間くれえ向こうにすっ飛んでいくから。嘘んねえから。叩き方あんだが、下の方から掬いでやっぺえ。少々ケガしたって構わねえから、誰もすごかったよお。嫌なとこだと思ったなあ。

岩手から行った男なんのお、それ見てるだけで震えてるんだっけえがあ。気の弱い男でやあ。歯がこうやって震えて。それが軍隊よくよく嫌で、からだ悪《ワリ》くて横須賀の陸軍病院ってとこ入院したったた。そして退院すっときに、学校さ来ねえで家さ行っちまった。いやあ、軍隊よっぽど嫌だったたんだな。

逃亡兵出っと、三日間は横須賀探されねえなんねえんだわあ。あれんときなんのお、岩国、広島のちっと先に岩国ってあんべえ、あそこから年とった伍長さんが来てたの。上野見たことねえっちゅうから、「どうせ、あいつなんの家《うち》さ行っていねえべえから、青木、お前《メエ》、上野さ行って、伍長殿に動物園だの何か案内して見物させてこお」なんて（笑）。そんなこともあったたあ。

終戦間近にも今一つ出て、工藤っちゅう一年下の男。あれも岩手の山奥にいた男だったが。それも病院から帰ってこねえで逃げちまった。それで、うちの班長と医務室の班長さ、二人で岩手に迎《ムケ》えに行ってきた。その話、班長さん語るんだっけが、岩手行ったら「兵隊さんが来た！」っちゅうんで珍しがられて。行った当人も逃げてきたっつって言わねえから、泊まりに来たくれえに。そうしたら「かまど呼んで来い！」って。親類のこと「かまど」っちゅうらしいな。祝い事で親類じゅう集まって酒盛りになっちまって。班長さん二人でなんと言って切り出したらいいかっちゅうて、明日の朝、なんでかんで話して連れて行かねえなんねえだが、「困ったことできたあ」なんて。集まって酒飲み始まってから夜更けまでかかった。朝になって起き出して、まあ、話するしかねえから話したの。そうしたら、工藤の親父が怒って、息子に「こっだろう（この野郎）！ ぶっ殺しちまう！」なんて、そっだ騒ぎできて。今度《コンダア》はそれ宥《なだ》めるのに昼《チュウ》飯《ハン》前《メエ》までかかったって（笑）。

それから一カ月経たねえうちに戦争終わったべえ。「工藤、今度《コンダア》は大腕振って戻っていいぞお」って。「今度《コンダア》はさすけねえから心配せんで戻れ」って。よっぽど軍隊嫌だと思ったんだべえ。だから入院したついでに退院すっと、戻んねえであっち行っちまった。よっぽど変わったとこやあ！　軍隊なんちゅうとこは。

# 軍曹のくるくる回り

事務室通い、俺よくやってたんだ。人事係が横須賀の人だったんだが、俺、人事係に気に入らっちぇえ事務室によく行ってた。中隊が新しく編成になっと毎日のように帳簿欲しいだの仕事あって、「青木、今日も手伝え」「明日も手伝え」なんて。「班長にちゃんと許可得てくださいよ」って、そう言っとくんだが、忘れたのかやんなかったのかなあ。練兵に出るときに整列して、週番士官に帳面使って、「今日はどこどこに行って何々をしてきます」ってちゃんと報告して出んだけど。朝の整列したときに班長が、「青木、今日も行くのかあ」っちゅうから、「行きます」っつったの。そうしたら物言わず、これ（拳骨）来たべえ。体格のいい佐賀の大夫《たゆう》様だあ。神主だあ。軍曹だった。いきなり拳骨きたから、ヒョイって避《よ》けたの！　そしたら、くるくる回りすんだよお！　そしてその次に、班長、銃剣に手ぇ掛けた。「やる気か！」って俺もやったの。そうしたらやめたの。さすがにやっぱやれなかったわ。抜いたら大変だった。

　普通なら上官の言うこと聞かねえなんねえんだが、間違ったことなんの俺言うこと聞かねえんだもん。「筋と違うこと駄目だ！」っつって。人とちっと違うとこあんだあ（笑）。

# 初年兵と古年兵

学校分遣ちゅうやつ、大抵は一年いて、新しい技術、有線通信だのお、無線だのお、機械の操作だとかいろいろ習って、特別な教育を受けて原隊さ戻って教育係になってたのが普通だったの。教育係の養成所だったの。ところが、俺たちからは戻んねえでしまったの。俺たちの前《メエ》の組までは戻ってたの。俺たち行ったまだから何年もいた。

衿の取っ替え毎日やんだ。カラーの代わりに三角の畳んで、衿、毎朝縫いつけねえなんねかった。必ず夕方、夕飯終わっと洗った新しいやつ取っ替えて。針道具一切持って毎日替えてた。

古年兵はそれやんねえわや。二年兵からが古年兵。初年兵が二年兵と三年兵二人持ってて、三人分の洗濯いっつもやんねえなんねえ。やってちゃんと畳んで、持ってって整頓だって決まっててんだ。

古年兵は銭は余計もらわれっべえし。あれは毎月現金で階級でくれっから。事務室さ行ってお金もらえるんだが、使うことねえと貯金通帳必ず積ませられんだ。週番上等兵がみんなの金集めて、大津の郵便局さ行って。もらう金決まっててんだもん。安いんだもん。なんぼだったべえなあ、あれなあ。一日何銭だったべなあ。なんぼにもなんねえだ。もっとも使うこともねえからなあ。たばこでものまねえと。たばこは配給だったの。一人毎日七本ずつ。のまねえ人はみんな古年兵にあげねえなんなかった。たばこはしばらくのまなかったが、いつまでもこんなことしてやってらんねえと思って、われのんだ方いいと思ってそれからのみはだった（のみ始めた）。七本だもの。バラで。「誉《ほまれ》」っちゅう軍隊たばこ。あんなの二回も吸うとなくなっちまうんだあ。よくよく安たばこや。全部戦友殿に差し上げてた。

あのころ兵隊は、四年兵んなっと神様だって言われてたあ。ほんとそうなの。神様とおんなじだあ。食事なんのお、上げ膳据え膳だべえ。一段、高いとこにいっと、ちゃーんと持ってくんだから。ベッドも俺は高いとこで寝起きしてた。下には初年兵から三年兵まで。四年兵でもなっと大したもんだったぞお。

## 炊事上等兵

　四年兵になっと、どこさ行ったたって顔利くし、それから、俺は炊事上等兵やったり何かして学校本部の方さ、よく行ぎ行ぎしてたから、あそこら、地方の会社とおんなじ。若い女の子めらから何から、そういうてえばっかりだから。人気者だったたわやあ！　はっはっは（笑）。よかったたわやあ。悪《ワリ》いことさえしねえといいくらいだ。呑気なもんだわやあ。

　軍隊の日曜の昼食はコッペパンだった。それと紙に包まったちっと塗るがな（マーガリンか何か）。あんなものはアメリカの戦利品だったたんだわ。砂糖なんてよく来てたんだ。「アメリカの砂糖だあ」なんて。あのころ、砂糖そうなかったわやあ。一作《ひと》戦勝っつちゅうと、そこの在庫持ってきたんだあ、上等砂糖。

年とったてえなんかが、「すんません、砂糖もらってきてくんつぇ」なんて言うと、「ほいきたー！」なんて。ビニールの袋さ入《い》っちぇえ届けたりして。だから、どこさ行っても重宝がられて（笑）。

炊事上等兵なんのなっと大威張りだわ。食うもんの世話っちゅうは、人間生きてるに一番だぞ！　上等兵でもなんでもとても、それこそ下士官待遇だから（笑）。その代わり忙しいだあ。二、三時間しか寝る間《ま》ねえだ。ほんにぃ寝たでもなんでもねえんだから。一五〇〇人の献立一週間分作って。幹候隊なんの、幹部候補生隊なんの昼食別だから。全部一週間のやつ、来週のやつ献立こしゃっておいて、その準備で毎日、商店街に電話かけたり、自動車で行って注文したりして忙しいだ。

一番困んのが魚屋。横須賀の魚《さかな》市場さ買い行ぐと、今でも覚えあんが、親方いてやあ。「おーい！　兵隊！　こっち来《こ》ー！」なんて呼ばって。寒ブリどって冬になっと新潟から街道に来《く》んだわ。寒ブリ、頭でかいの。「今日はこれ兵隊に食わせろー！」なんて。断るわけいがねえわやあ。そうすっと一匹から何食分とれっかっちゅう計算してみて、そうして何匹必要だっちゅうことになっぺえ。一切れずつ煮詰けて出すから。切ったままんねえから。味付けて出さなきゃいかねえ。頭、しっぽは用がねえから真ん中のいいとこばっか何人分とれて何匹買っていくと食わせられっかっちゅう計算その場でして。魚市場の親方「戦争に負けっぞー！」なーんて、とんでもねえこと言う（笑）。

店屋はそっだあ何百っちゅう魚買ってかねえわあ。せいぜいで一〇匹、二〇匹だから。炊事はそんなわけいかねえわあ。一五〇〇人にくれるには一五〇〇切れ要《い》んだから大変だわやあ。魚半分にして、そうすっと二〇人くれえはとれっから。一つずつ裏表とれる。そうすっとそれさ、その場で計算してそれからさらに一〇匹くれえ余計に持ってこねえなんねえわあ。将校まで注文して、「砂糖くろ」だの、「うまい魚あるときはくろ」なんて小使いつかって寄越すんだから。「青木上等兵殿、お願いします！とりあえず砂糖一袋お願いします！」なんて。いろいろ珍しい魚なんの出ると将校のとこさ買ってきて、ワタクシ（内密に）くれくれしたの。そういう社会や。

野菜は三崎に集荷所があるんだ。あそこは電話で全部やる。あそこの市場のてえ、景気よくあれ、がさ（量）持ってくんだあ。そうして、一キロなんぼの値段で書いて置いてくだけで、どっさり使い放題。それから肉屋。肉屋もでかい肉屋で、憲兵隊のちょうど前でよく行ぎ行ぎした。肉もあったよ。豚と鶏だな。ほとんど豚だ。牛《ぎゅう》はめったにねえ。高いからやっぱり。よっぽんときんねえと（よほどのときでないと）ねえ。豚は煮つけてや。一番がさのでかい鍋で何十人もいっぺんにできっべえ。だから一切れなんぼ、各班ごとに何人だからなんぼずつ。一人なんぼっつったべなあ。一食一八〇グラムだったべかな。だから試しにちょこっと盛ってみて、この辺だわあって。そうすっと、どの辺まで入れっと何人分あるっちゅう。目感《めかん》で慣れてっから。

古い兵舎だったからガス使わねえだ。全部石炭で煮炊き。だから一五〇〇人のうち一〇〇〇人昼飯《チュウハン》だあ、なんちゅうと夜中から飯炊きだもん。調理やるてえは泊まりがけだあ。寝ずにやってがねえと。朝交代。兵隊は四人だけだから調理さなど、まざるようねえわや。おらあ、半年やっていっぺんも包丁なの使ってみねえわな。炊事勤めっちゅうのは大抵三カ月なんだ。ところが、ちょうど経理検査があっから、「お前《メエ》離れっと都合悪《ワリ》いからいてくろ」なんて言わっちぇえ倍勤めた。炊事上等兵だと威張ってられっからあ、とても。食事伝票なんの夕方の何時までに届けねえなんねえんだが、遅いと各中隊の週番下士官に電話で連絡すんだ。「はよー（早く）持ってこお！」なんて（笑）。上等兵が下士官のこと、おどしづげんだ（叱りつけるんだ）。あっはっは（笑）。

## 将校の当番兵

いろいろ公用だとか何だとかしてっから、「親戚のようだあ」なんて家何軒もできる。俺が当番兵ついた武田中尉って将校が下宿してた家は、旦那さんが保土谷化学さ出てる人で金持ちだったの。武田中尉って山口の下関の人、あれ外地の戦争行ってきたのな。あの人は陸大《りくだい》行ってたのか。陸軍大学。優秀な人だっただあ。いい人だったあ。その将校の下宿の当番兵っつって、兵隊一人当番がつくのや。それが将校の下宿まで行って洗濯物をみたり、長靴《ちょうか》、革の長靴《ながぐつ》をピカピカに磨いたり、身の回りの世話係。奥さん役だあ。毎日、晩方《ばんかた》に夕飯食うと歩って行ってこねえなんねえ。

そこの奥さんの徳江《とくえ》さんに「舎弟《しゃてい》（弟）のようだあ」って気に入らっちぇえ（笑）。

いい奥さんで、横浜女学校出て英語ペラペラだった。その家に子ども三人いたったんだあ。小学生が親方（一番上）で、まだ学校出ねえのが一番下。「青木さん来たあ！」って、その息子たちにも「青木さん、青木さん」なんて。「兵隊来た」なんて子めらから馬鹿にされっことなかった。「青木さん、青木さん」て「さん」づけで呼ばっちぇえ。あの家《うち》は待遇が違ってたわや。

将校が明日、履いてく長靴《ちょうか》磨きだって、奥さんが「そんなこと、うちでやっからいいから」なんて。武田中尉も優しい人でや。「青木、お茶ご馳走になってけえ」なんて言葉かけてくっちぇえ。行くとコーヒーをこしぇえてくったり、いろいろ甘いものなの買ってきたりしてよく食っちゃあ。俺お返しものねえから、饅頭よく子どもに持って行ぎ行ぎした。軍隊で饅頭の配給が一週間にいっぺんだっけ、二回だったかあったの。二《ふた》っつずつだかこっだ（こんな）やつ。それ俺食わないで持ってって子どもにくれくれしたの。そしたら奥さん、「軍隊の店屋から買って来《キ》られんのかあ？」と将校に聞いたんだと。将校「そっだあことはねえはずだ。一週間に何回の配給らしいぞ」って言っただだと。だから、奥さん、大変感激したわけや。食いてえものを食わねえで、自分の子どもにくれたっちゅうて。

武田中尉は将棋好きで、「青木、一番やっぺえ」なんて、よくやりやりした。勝負は俺と五分五分くれえだったわい。いい相手だったわい！　俺、学校あがっと野良将棋やってたから強かっただだあ。だから長靴《ちょうか》磨きなんのやんねえべえ（笑）。二時間ばかり将棋さしやってきた。ほーんに運のいいあれだった！

徳江さん、ここ（昭和村のうめおさんの家）に泊まりに来てったよ。若松まで迎《ムケ》えに行った。一週間も泊まってってたわ。「今いっぺん行ぎたい、行ぎたい」って何回も手紙寄越したが、来るはいいが年とってってっぺえ。だから一人では来んなよって。二人でも三人でも何人でも泊まれっから、一人では来《キ》らんねえぞおって。それでもう来なかった。ついこの間、亡くなっちゃった。葬式には行ぐようなかった。

# 米軍機の編隊

今、防衛大できてっとこ、三浦半島の高台で、天気のいいときはあそこから富士山よーく見えっだあ。富士山、いい目標だった。米軍機は富士山目がけてまっすぐ来んだもん。そしてあそこ来たら、キヤッ！と飛行機の編隊がいっぺんに方向変換すんの。太陽の光でそれよーく見えんだ。まーっすぐ富士山目がけて南の方から来て、カッ！と左向いて行ぐと、名古屋、大阪の方。「ああ、今日は大阪の方だわ」なんて。そうしてあそこでカッチ！と右の方さ来《く》っちゅうと、「今日は東京の方だぞ」なんて、いち早くわかんだもん。長いときは三時間も来てんだ。短いときで一時間くれえ。何ほどの物量あったんだか知んねえだわやあ。それと戦争したんだもの。

# 駒門廠舎《こまかどしょうしゃ》

重砲兵学校の組織わかっか。わかんめい。横須賀の重砲兵学校は明治の終わりから大正の初めにできたんだべ。そのころは要塞って重要視しただべえ。港湾の出入《デヘエ》りするにそれを守るため、山の上さ大砲上げてやってたの。それがもとで学校が横須賀にできたの。俺たちは昭和十七年に入ったんだが、十八年ころからは要塞の必要なくなっちまった。船でなく飛行機の時代《ジデエ》になったから。空襲で攻撃される時代《ジデエ》になってきたから。そんでえ、そこあんまり拡張しねえで、野戦の重砲隊の分校を富士でこしぇえたの。御殿場から二里。八キロばあ下がった駒門廠舎っちゅうとこへ。それが大きかった。横須賀の倍くれえも兵隊がいた。今だってあれだべ、自衛隊の連中、演習に行ってんだべ。

富士の分校に秘密分校ってあんだあ。秘密取り扱うとこ。そこは退役軍曹の人が親方で、あと、女の子《オナンコ》が二人いて、普通の人は出入《デヘエ》りできねえとこ。参謀本部から暗号電報が御殿場の郵便局さ届く。富士の重砲兵学校宛で来んだが、宛名だけはローマ字綴りで書かれてくる。それも妙だよなあ。何でこれ、日本字で書いて寄越さねえのかなあっつって。

一通目は満州から来たの。参謀本部さ入って、あそこでまた入れ換えっちゅうんだか何ちゅうんだかなあ、宛名の重砲兵学校に送って寄越したの。中は全部数字。暗号。ものすごいんだからあ、あの暗号ったって。暗号表っちゅうやつがあんべえ、563はどういう言葉になるか、部屋に乱数表っちゅうのがあんの。その暗号表の下さ、数字を書いて足し算や引き算して。それだけは解読できたの。

二通目はもう戦争が負けてたときだから駄目なの。一作戦《ひと》が終わって部隊が全滅すっと、よく南方の島で全滅くったべ。そうなっと暗号表と乱数表は敵の手に渡ってるっちゅうことだから。向こうで解読できるの。乱数表を参謀本部で下げてその指令を出すわけだが、それが戦争負けてっからうまくいかねえだわ。どっから始まって、どこで終わってんだかわかんねえんだ。なんぼやったって駄目だ。数字3の字が8と間違ってんでねえかとか、やり直してみるんだがどうしても駄目や。

一番最後のやつは、宛名がローマ字綴りで来てっから、御殿場の郵便局でうちの学校へ寄越したの。ちゃんと封になってんが、見たらば、これ、うちの電報んねえぞ、三島の重砲兵だわって。御殿場にすぐ返すしかねえの。電話かけて全部返して。何であれまあ、暗号の宛名だけローマ字でやったのか。あのころはローマ字綴り知ってるてえなどそういなかった。

## 東京大空襲後の本所深川

昭和二十年三月九日の晩（十日未明）、本所深川、それに浅草、上野と一晩で焼けたんだ。俺は横須賀にいたんだけど、夜中に新聞見られるほど明るかった。全部焼夷弾の攻撃だったから、なにしろ大変な火事だった。

一個中隊六人ずつ、二個中隊から一二人。連隊で「誰か希望者あっかあ」と。みんな死体運搬だっちゅうことわかってっから、「ごめん、ごめん」ちゅう人が多かっぺ。班長が「青木、お前《メエ》、東京の方、大変知ってる方だが行って見てきたら」なんて言うだ。俺は、どういうことなんだか行って見て来《く》べ、ということで「青木行きます」って手ぇ挙げて志願して。「ああ、よかった」なんて言わっちぇえ。ほんに、大した仕事だったあ。

横須賀からトラック四台、富士から一六台。重砲兵学校で合わせて二〇台。広い所だから富士のてえとは行き会わねえわあ。トラック四台、一二人で浅草行った。東京駅から一《ひと》眺めに眺めて、浅草の松屋見えたんだぞ。道路に時々、不発の焼夷弾がコンクリさ、ぶっ刺さってた。道路の真ん中の方は抜いといたが、端の方は構わねえでおいたから、車、避《よ》けたりなんのすっと横道になる。そういうときあんの。いっぺんやったわい。ガターン！　なんちゅうと焼夷弾。このくれえ長いんだ（四〇㎝くらい）。六角の棒で片っぽう、火ついてバーっと燃えてるやつを米軍が上空から撒いたんだが、高いとこからだから突っ刺さってるのや。しっぽがこのくれえ出てんだ。それ、トラックでわかんねえべえ。つっかかっとガチャーン！　っちゅう。よくパンクしなかった。降りて見っと大丈夫だからそのまま行ぎ行ぎしたが。

行ぐときはトラック四台揃っていたんだが、浅草行ったら一台来なかったの。あれ、乗ってるときに、後《あと》から来る車は前の車としょっちゅう連絡して来るわけだから、見失うわけねえだに、松屋さ行ったら一番後《あと》の車ねえの。したから、しょうねえ（しょうがない）。班長が、「青木、お前《メエ》探してこお」っちゅうもんだから。

こっだな山ん中から行って、横須賀の学校で一番東京明るいの俺だった。千葉の方（四街道）に砲兵学校あんだが、横須賀いるとき、本部の公用なんの俺行ってきたんだ。あそこだの参謀本部だの。普通の兵隊はめったに公用なんの行がなかったわあ。将校、品川の駅に長靴忘れてきたから、それもらってきてくろって。そっだことまで行った（笑）。

それで一台探しに東京駅の方さ、ずーっと焼けっ原、トラックで通ってきたの。そしたら東京駅のちょうど後ろの広場にいた。「なんだあ。何か故障かあ」ってったら、「なんだかエンジンまわんなくなった。止まっちゃった」って。あれ対馬から来た運転手で「困ってたんだあ」なんて。俺「ディストリビューター焼けてんだべえから手ぬぐいで冷やしてみろ。そしたらさすけねえから」って。あのころ、水道壊れてそっちこっ

トラックで行き来したのだろう。空襲の9日後、山のような遺体が片づけられた後に日本写真公社のカメラマンが撮影
（写真提供：東京大空襲・戦災資料センター）

ち水出てっから、手ぬぐい濡らして冷やして。ディストリビューターってこのくれえのやつなんだが、それよく焼けて熱くなってた。それだべえから、そこ冷やして一服してたら直った。

村でおら家《いえ》の上手《かみて》、材木屋だった。山の中歩く（走る）車だからいろいろ故障あって、あそこ壊れた、ここ壊れたやってっから直し方覚えてた。しょっちゅう村で、トラック乗ったり何かして運転してたのやあ。

1945年3月19日に松屋の屋上から撮影された浅草周辺の様子
左に隅田川。手前が吾妻橋。川の右手、前に伸びる広い道路は、東京駅方面に通じる現在の江戸通り。うめおさんはこの道を ↗

東京のあれだけの広い所、わずかの時間で焼けちゃったんだからものすごかった。本部が浅草の松屋だったの。あれだけ焼け残ってたべえ。だから、あそこで役所と憲兵隊と消防が指令出してたんだ。だから、あそこへ行って、「どこどこ運べ」って命令をもらって。俺たちは本所の方だったな。

消防団だかなんだかがやってたけど、松屋の根っこの川（隅田川）なんの、長い材木の先に鉤《かぎ》を付けて川に沈めて揚げっと、一回に一人ずつ間違《マチゲ》えなく遺体が揚がってきたんだから。熱いからどこも行き場がねえから、川へ入ってそのまま死んじゃった。

一日目は、本所の天理教の地下室だった。木造建築が普段で、この天理教だけはコンクリの建物だから残ったの。大きな地下室で全部蒸れて死んだ。全部それ外さ出して並べた。丸焼けから、ほとんど頭だけ別がわかるくれえに焼けたがなから半焼けから。煙と熱さで亡くなったべ。最初はどこの連隊かわかんねえが工兵隊が運んできて、俺たちはトラックの上で運んできたのを積む役で。工兵隊の連中は、焼けたトタンと鉄棒見つけてきて、死体を転がしてやってたの。ところが、そこの隊長、下士官の人が一〇人ばあ来て、「何やってんだ！」って怒って、「こうしてやれー！」って死体を手でつかんでトラックの上さ、上げらったの。それで兵隊も手で、軍手で死体を運んで。兵隊も俺たちも全身、人の脂だらけ。人の焼けた脂。まっ黒だ。だから、もうお昼食うべえったって、たまにコンクリの建物残っててんだあ。その階上さ上がって、あそこで食うべえなんて。クレゾール石鹸で手足よーく洗っていくんだが、なんぼ石鹸でたわしで爪まで洗ったって、こうやっと（口に手を持ってくると）臭《にお》いで駄目だ。あの臭いが抜けなくてひどかったな。それでも食わねえとしょうねえからなんとか食うは食ったが。

翌日は、深川の小学校。ずねえ学校だったなあ。大きなプールあんだが、熱いからみんなそこさ入って死んだ。その人たち全部校庭さ並べて。寒い時期だから、みんな厚着してっぺ。水浸しだから重いのなんの。プールさ浸かって死んだんだ。これなどは臭《にお》いは本当に誠にひでえぞお。ほんに。水死の臭いはほんにひでえから。何が臭いすんだかものすごい臭いだ。俺たち行ったのは死んで三日目になんのか。女の人が多かったなあ。身元調査と貴重品調査、憲兵隊と警察でやったんだべやあ。それから今《コン》度《ダア》は、顔がわかるようにして、広い校庭に何列にもダーッと並べてある。縁故のあるがなは、何か印があっから、それは構うなって。花をあげとくとか、線香あげとくとか、何か札をあげておくとか、何かあるものは手ぇつけんなって。無印のもんだけ運べって。そりゃ無印の方が多いわい。

俺は手帳持ってたから大体の人数書いてきただっけが、二日で運んだの五〇〇人の先、六〇〇人まではなんねえ加減だったな。錦糸公園だの墨田公園。錦糸公園は最初わかんなくて上野公園さ行った。トラックさ死体いっぱいつけたまま上がってったら、役所のてえ「どっから来たー！」ちゅうんだ。「本所のあそこだあ」ちゅうたら、「本所のは、ここんねえぞおー！役所で指示受けねえと駄目だぞー！」なんて。

錦糸公園の空き地に囚人の人が来て大きな穴掘ってたんだあ。囚人が来てスコップで掘って。ブルでなく。そういう機械あんまりなかった。囚人は空色の着物着てたからわかんだ。二、三〇人ずつ固まって穴掘ってたわ。大きな穴は一〇〇〇人、狭い穴は五〇〇人くらいのあれで。囚人が掘られる所みんな掘って、兵隊は運ぶだけ。だから穴の縁までトラックでバックして行ってそこで死体降ろして。土かけたのは囚人がやったんだべえ、確か。あとで聞いたけど、あれでは誠に申し訳ないっちゅうんで、掘り返して火葬し直したっちゅうんだなあ。やっぱあ、あまり乱雑なやり方で。

　一人、二人ならば気の毒だあとか気持ち悪《ワリ》いとも思うんだが、一人、二人でねえだもん。死人《しびと》の山だもん。人の形してないようなのもあったの。それこそ頭だけころっとある人は一人に間違《マチゲ》えねえが、ただ、胴っ腹《ぱら》ある人、あばらっ骨《ぽね》がわずかに残ってるような人、これも一人に勘定していいのかな、なじょだか（どうしたものか）これわかんねえぞお、なんて。まあ、大きいからほんじゃあ一人分にすっかあ、なんていうことで、大きい焼け残りは一人で勘定して来たったんだあ。役所の連中が「兵隊さん、いくつだあ」なんて言うと、「何人だあ！」なんて言って、穴のそばさバックしてって、そっから落として。いやあ、とても、すごかったよ。なにしろもう半焼けから生焼けから、まるっきり焼けたの、それから、胴と首離っちゃあよな。いっぺん、人手に触って集めてきたんだから、必ず胴体の上にあった頭と限んねえわけだべ。だから、その計算はどうすんだあっつって、降ろすときも人に聞いてみたの。「これ胴体がずねえんだが、これ一人に勘定していいのかあ」「頭の一つは一人で勘定してよかべえが、これ、どうする」なんて言ったら、「なじょすっか（どうするか）なあ」なんて、あのてえも困ってた。燃え過ぎたのもあったから千差万別やあ。それが道路の横側にいっぱいあったのをいちいち運んでたんだから。燃え過ぎちゃったのは胴体のあばらっ骨と背骨の残ってるだけや。腕も何にもねえんだから。腕の骨も何にもくっついてねえんだから。

麻布にコンクリでできた建物（陸軍第一師団歩兵第三連隊兵舎。現在、一部が国立新美術館別館になっている）。二・二六（事件）の出たとこ。長ーいでっかい建物がくるーっと輪に、楕円形になってんの。そこの兵舎の一角さ、二晩泊まってきた。あそこから浅草へ通ってたのや。三月十二、十三と二日やって、十四日の朝出発して戻ってきた。

横須賀の原隊さ帰る途中、品川の神社の下でお祓いをやってもらって、帰ったら外で全部着替え。ベタベタちゅうだから、とても。「全部石鹸で洗って来《こ》ー！」なんて言わっちぇえ、中さ寄らねえうちに全部裸になって風呂場に行って、そして着替えさしたけど、それから四〇日ばあ熱出て休んだ。熱さまし四〇日飲ませらっちぇえ。何にもできねえ。得体の知れねえ熱や。微熱。風邪でもねえ、何かどこか怪我したんでも何でもねえんだが。祟らっちゃだべえ。粗末にしたから。

いやあ、とても。普通では考えらんねえよ。あっだのお、民間では経験してみるようねえわい。一人、二人の死体の始末なんのはどこらでもやっからなあ。ここら辺でも葬式あっと（会津）坂下《ばんげ》さ行って焼き場でやってくるが、あれ一人ずつだもん。あんなのと違うんだ。まあず、とても。悲惨なもんだあ。あのとき俺は二四歳だ。死人《しびと》の扱いなんのは丁重にやんねえなんねえぞっちゅうことは思うようになった。それだけはやんねえなんねえぞって。ここらではお棺を作って入棺《にっかん》をやってたんだが、よく入棺のときなど俺やんだ。「こうしてやんのやあ」って。ほとんどの人は死人なの触ったことねえ人が普段だべえ。それだから「こうしてやるのやあ」って。何でも経験だ。

## 海軍の同級生たち

横須賀の蛇沼とって、あの平《テエラ》は海軍の演習所だったのや。その街中で、同級生の吾《ご》一《いち》君と行き会ったの。あれは横須賀の海軍陸戦隊で、鉄砲担いで一〇人ばかりでトットッと街来たべや。おらたち有線通信だあ。電話線張りやってたら、海軍のてえ通るたび、こう見てたのや。そうしたら、「俺だあ、わかんねえかあ！」って吾一君、一番後ろで駆け足で来て。はっはっは（笑）。やっとわかった！大勢《たいぜい》来てっから誰かしら行き会うこともあっべえとは思ったが。

あれが、よく俺のとこ来た。船に乗って帰ってくっと、「いやあ、生きてきらっちゃあ！」なんて来る。それでまた船出ていくときも来《き》ぃ来《き》ぃしてた。「また行ってくるわあ！」なんて。俺「死ぬなよー」なんてやあ。「死んでらんねえ！」なんて吾一君言って。しめえに、「また行ってくるわー」なんて来たのが最後だった。

それから松山の吉治《きちじ》っちゅうのが同級生だったの。それも海軍でいっぺんだけ俺んとこ来たっけが。正月休みだっとって。あれはずーっと船ん乗ってて、そんとき通信学校だか法律学校だか何かに入るようになったから、「しばらく今度《コンダァ》は生きられるー！」っとって。そって、正月の三日目だっけかな、横須賀に面会来たっけが。「これから時々こうやって会われっからあ」なんて。そうしたら、間もなく、また船に乗せらっちぇ、連れてかれて。それで死んじゃった。学校出ねえでしまった。学校さ、あがるわけで上陸したったんだが駄目だったんだな。ずねえ海戦やったんだ。そんとき、日本海軍、南方の島で全滅くったんだわあ。あの船、暗闇んときばっか出てくだあ。東京湾のうちは灯《あかり》全部消して。船団組んで出てった。吾一君も吉治君も嫌だったたんねえかなあ。

## 終戦の玉音放送

浦賀の学校に共同隊から下士官候補隊から練習隊から何百人もいたわあ。みんな整列して、高いとこさ、ずねえラジオの拡声器かあ、あれ突きあげて聴いたんだあ。じゃがあ、遠いっちゅう、それに風さ吹いたから、わかんなかった。「何のことだべえ」なんて戻ってきて。

だいぶ前から負け戦だったんだよ。俺、上の下士官とよく語ってたんだあ。戦争負けてんでねえかあって。それ秘密だから、どこさ行っても誰もしゃべんなかった。戦争は勝ったまま続いてんだっちゅうことで。どこの作戦も勝ってんだあ、勝ってんだあっていう宣伝でやってたから。負けたなんちゅうこと、片っ時も言わねえわやあ。

だが実際はそうんなかった。俺たちはそういうこと薄々知ってたが、「これは話にしらんにぇえぞお」ということで。全部それこそ極秘だったんだから。

負けんでねえかあって思い始めたのは終戦の二年くれえ前《メエ》からだべえ。第一にあれから始まった。千島の方、アッツ島分捕《ぶんど》らっちゃあときから（昭和十八〈一九四三〉年五月、アッツ島の戦いで日本軍が全滅）。それ第一番に捕らっちゃあの。それから南方の島やらっちゃあの。そのころからなんだ。

全部どこの作戦も勝った勝ったで、そう言ってたべ。ところが蓋開けてみたらそうんなかったんだから！　どこも全滅、こっちも全滅って。だから、戦争終わって内地で暴動が起きんでねえかっちゅう心配あったの。「この野郎！　嘘こいたな！」っちゅうことで。一つには、その治安維持のために、暴動が起きたときの鎮圧のために俺たちしばらく軍隊残さっちゃあだから。それが、ろくな話もねえで消えちまったんだが。（暴動の心配はない）大丈夫だあっちゅうんで。

## 終戦後の残留

戦争が終わって一般の兵隊は八月三十一日から九月二日にかけて、全部家《うち》に帰ったけど、三浦半島が進駐軍の第一回の上陸地で、「アメリカ、どんなやつが上がってくんだ」と思って志願して残ったの。全国から集まったから福島県なの近い方やあ。「俺残んだからお前《メエ》も残れ」っつって同年兵募集して（笑）。福島県から一〇人近く残ったか。仲間のてえ、原ノ町の男と、それから磐梯町、喜多方の人、福島の人、あと二、三人いたんだ。それから宮城県から一部、新潟県からと、ぽろりぽろりと三〇人残ったの。みんな一日も早く家《うち》さ帰りてえっていただけど、占領軍どんなやつ来てどんなんなんだか、「俺残んだから残れえ」って（笑）。

占領軍、八月二十八日に上陸するっちゅうわけだったの。そうしたら、ものすごい天候が荒れた。今の台風。「これこそ、まさに神風だ！」なんて言ってたの。そうしたらマッカーサーの方から「四八時間上陸を延期する」って。二日遅れて三十日に来た。

ペリーが上陸したとこ裏手にあんだが、あそこの高いとこの砲台なんか素晴らしい造りだった。素晴らしいでかい大砲あったんだよ。四五センチの大砲（千代ヶ崎砲塔砲台の四五口径三十糎加農砲か）。そういう所が四カ所くれえあったか。

大砲の弾入って後ろ閉めっとこ、閉鎖器《へいさき》っちゅうんだ。ずない歯車のようになってグッと回る。中には腔線《こうせん》っつってあんの。それギューッとねじらして止めさせていくのや。大砲の弾が弾けっと中で素晴らしい圧力かかんだが、それを後ろさ抜けねえように仕掛けて。後ろは兵隊が弾詰めてっぺえ。だから、歯と歯を組み合わせて絶対抜けねえようにできてんの。

普通なら、大砲、敵の方に向けてっぺえ。それを閉鎖器上空から見えるようにして、ここさ青竹の長いやつ切ってや。白旗の降参旗《こうさんばた》揚げて、「ここに大砲ありますよー」と。それから「これは角度をこういうふうにしときますよ」っちゅう、一目でわかるようにしてみんな準備したの。

進駐軍、大きい船で沖まで来て、それから小さい船で。ちょうどお昼ごろ上陸して、うちの部隊は横須賀の大津町の馬堀っちゅう浦賀の反対側だから進駐軍すぐ来たわ。上がってきて、宣撫工作の一つだっただべが、チョコレートだの菓子だのそういうものいっぱいジープさ積んできて。そうすっと大勢《たいぜい》見物人が集まるもんだから。そういうふうにして民衆を安心させたんだべ。それだから自動車の音すっとみんな飛び出してきて集まんの。俺たちがトラックで歩っても（出かけても）なんでも車の音するもんだから家《うち》から飛び出してくる。だから「今日は違うぞー」って（笑）。

第一回の復員船が戻ってきた。浦賀もちょっと大きな船だと船着き場まで来《キ》らんにぇえの。むかーしの港だから。浦賀港さ入港して、その人たちを迎《ムケ》えて、トラックで荷物を運んだり、病人を乗せて横須賀の町の真ん中にあった陸軍病院に運んだりして。横須賀だから船は毎日のように入ってくる。そしてみんな駅から送り出す。終戦になってからは俺だけしか運転できんのいなくなっちまった。だから朝から晩まで何かしら用があっから、しょっちゅう運転やってた。

九月に休暇があったの。「何月までいんだかわからねえから、一回家《うち》さ連絡のために行ってこお」っつって、九月半ばより過ぎて一回村に来てったの。ちょうど稲刈りだっけ。おら家《うち》さも東京の人、一組疎開で泊まってた。あれは日暮里の方の人かな。子ども連れて家族でここさ来てたったの。俺は二晩だか泊まって横須賀に帰ってった。俺帰っと間もなく、疎開の人も帰ってってたっちゅっけや。

# 第三章　戦後の暮らし

## 戦後の物不足

横須賀には（昭和二十年）十月十七日まで残留したの。将校の当番兵で行ってた徳《とく》江《え》さんの家《うち》に一晩泊まってきたから、村に戻ったのは十月十八日か。そのころは内地から帰る人は、とっくにみんな戻ってたわやあ。二カ月ちかく遅《おく》っちぇ来たんだから。村は無傷《むきず》だった。だけど、食うものはねえ、着るものはねえ、何にもねえころだもの。全部物資は闇だべし。えらいあれだったわい。一時はほんとひどかったよ。何にもねえんだもん。

履くものはこの辺はまあ藁で間に合ったけど、地下足袋ってあんでしょう。あれもなかったから。地下足袋は農作業の普通の履物だったの。地下足袋はねえだし、田ん中から畑ん中からみんな裸足。道路歩くときだけアシナカなの。俺は軍隊から靴一足だか二足だか余計に持ってきたったから、うちの親父が「いいものできたあ！」なんて毎日履いてた（笑）。最後まで軍隊残留でいたからそういうことできたの。

## 自慢の健脚

家《うち》から宮下（三島町）まで行ぐに、峠まで二里、間方《まがた》から三里で五里ある。普通の人、何時間かかっと思う？　一里が四キロだから約二〇キロ。まあ、普通は四、五時間かかっぺえ。そこ俺、二、三時間くれえで行ぎ行ぎしたんだ。そのくれえ脚丈夫だったたんだ。上りも下りもねえ。タッタッタッタッタッタッタッタッ。軍隊で通信兵やって鍛えられたわい。

いっぺんは何で手間とったか、宮下の上の堤まで行ったら、「ぽ〜」っちゅう音して汽車出て。あははは（笑）。家《うち》で時計見ぃ見ぃ出かけて、めったに乗り遅れなんてなかったんだが（笑）。

## 強盗の誘い

戦争終わって来たときに一番村下《むらしも》におもっしぇえ（面白い）男いたったんだ。皇宮警視さ行ったんだ。皇居の警備員。横須賀に面会なんの来たりなんかして。そうしたら、その男が「東京さ、強盗に行ってこうべぇ」って。戦争終わってどさくさだべぇ、だから東京行って強盗して、一回やったら帰ってくるように道案内で行ってくんねえかって。ははは（笑）。「うめおあんつぁ*は、東京大変明るいっちゅうから道案内で行がねえか」って。強盗の道案内頼まっちゃあだあ。あっはっは（笑）。笑ったなあ。おもっしぇえ男いたんだあ。強盗の道案内。行がねえやあ（笑）。

＊「あんつぁ」は年上の男の人の名前につける敬称。

## ダイナマイトで魚とり

秋になっと魚が淵さ集まんの。そこさ、ダイナマイトに火ぃつけてぶっこむの。ダイナマイトは外工事やるのに必ずあったもんだべぇ。それで一つもらっとくのやあ。魚とり四、五人で行った。叺《かます》さ入っちぇ。松山の下《しも》の方、よく行ったもんだあ。あっち側、淵がいくつもあんだあ。深いとこでねえと駄目や。そういうとこさ、寒くなっと魚が集まってくんの。瀬にいたやつ集まってくっから、それを狙ってやるのやあ。ダイナマイトにちょっと石をゆっつけて（結びつけて）火ぃつけて、ツーッと燃え出すとボイン！っとぶっこんでやんだ。石の錘《おもり》ついてっからそこさいってビーン！っちゅうから、いた魚みんなボカーン！と浮き上がってくんの。何貫目《なんがんめ》も一網打尽だわ。

そこいた魚みんな上がっちゃうから。川ん中の水がいくつにも割れてビーン！　っちゅうの。秋の魚はうまいわやあ。夏なんのやったって駄目だもん。寒くなんねえと駄目だ。柳の洞《ぼら》があんだが、今はあれ、河川改修で全部堤防のようなもんできた。昔は自然の流れだべえ。だから、あの柳の株から、ずーっとつながったとこで、大きな洞あっとこさ、魚、秋になっと集まってんだ。そこは棒の先さダイナマイトゆっつけて、そして火ぃつけて突っ込んでやった。そうすっと足ん中、デンッ！（と響く）。

　青酸カリでやった連中がいんの。俺んとこに警察来たことあるわやあ。あんなことやったってとれるもんでねえわやあ、この流れだもん。青酸カリなんて使うのは沢、ちっちぇえ沢。沢さ行ってやるとよく効くだあ。水少ねえとこさ、魚いっとこ決まってっから。ここらあ、大川だもん。青酸カリなんてやったってこの水だもん。駄目だわやあ。大芦辺りだと沢がちっちぇえから効くだが、こっだあ（こんな）大川だと駄目だわや。

## 魚釣りで商売

俺ら子どものころは、秋になっと鱒でも海から上がってきて裏の野尻川にいっぱい来ただから。こんな大きなやつ（七〇cmくらい）！　塩引きになるやつ。浅いとこ来て自分で掘って産卵してた。手でとれる。発電所のダムできてからそういうのなくなっちゃったの。電発《でんぱつ》。鹿瀬《かのせ》ダムか。それが一番最初にできて（昭和三〈一九二八〉年運行開始）、それから鱒上がんなくなっただ。あの当時はそういう補償もねえから。

戦後は、上《かみ》の新田橋から川口（金山町《かねやままち》）まで、俺の釣り竿渡んねえとこねえくれえだったわあ。自転車で行ってた。中向《ナカムケエ》に小林二郎さんていっべえ。小栗山から中向《ナカムケエ》さ、婿に来た人だ。同級生のツヤっちゅうとこさ婿に来た。二郎さんが横須賀の海軍出で、俺も横須賀に長くいたから。その人が名人で、俺その人の弟子なんだ。

鮎箱《あゆばこ》どって（といって）木で作った箱。あれんねえと鮎釣りだめで。ガンカラでは、缶では、やっぱ輸送に駄目だ。鮎が弱っちまうから。大工に木の箱こしぇえて（作って）もらって、それだと死なねえでこっちまで持って来《キ》られっから。

毎時期、瀬の波の打ちから川の流れと強さから、「ああ、ここはいい釣り場だあ」なんて勘でわかるわやあ！　鮎は友釣りだべえ。一匹は丈夫なやつくっつけて、その下に針が何本か出てっから、通りしなに（通りながら）どこっちゅうわけなく鮎引っかかんの。仲間が来たと思って、「この野郎来てぇ！　なんだあ！」っちゅって鮎が追い払いに来んだから。だから速さも速いのや。それ引っ掛かるから、ガクゥーッ！　っちゅうだあ！　ふっふ（笑）。大きなやつんなっと、ほーんに、ガクゥーッ！　って、たまげるほどの力で。それをずーっと寄せて網で掬って。

いっぱい釣れたのを帰りしなに宿屋さ回って、置いて軽くしてくんだあ。玉梨（金山町）の恵比寿屋か。それから川向うにも宿屋あっただわあ。「鮎いらねえかよー」なんて。そうすっと「置いてけー」なんて。あそこさ、よく卸したんだ。なんぼ持ってってたって「いらねえ」なんて言わねえ。一匹四〇円で売って来《き》ぃ来《き》ぃしたわあ！ はっはっは（笑）。家さ持ってきても売れたし。ほんにぃ、商売になってたんだあ。

宿屋に魚売るのは卯佐美爺《うさみじい》様の流れなんだ。うちの親父がドウ掛け好きで、雷様雨《らいさまあめ》など降ったとき、ドジョウとるドウ、田んぼの水口《みなくち》さ掛けとくだ。それが上り口は三角の返しがついてちーっちぇえ穴で。ドジョウは一本棒とおんなじだべ。ひょろっと。その小っちゃい穴から潜って大きなとこ溜まるわけ。だから、むちゃくちゃちゅうほどかかったの。うまかったなあ、あのドジョウなあ。ドジョウ汁。煮る前に酒入れて酔わして。そうでねえといきなりお湯かけたりなんかすっとドジョウ暴れっから。親父は毎日ほんにぃ、ずいぶんまめったく（まめに）とってたわや。

イワナ釣りは小さい沢でやんの。あれなんのお、俺始めたころは、誰もやる人なくて、どこさ行っても大きなのかかるんだったな。あの頃は売る売らんっちゅう気もねえから、持ってきて家で炙って食う。ほーんに大きなのいたな。でかいのこのくれえのあんだあ(四〇㎝くらい)。やっと上げるようだわやあ。上がんねえわやあ、とても。イワナとりには鵜竿《うざお》使う。布っ切れの、赤いのから黒いのから紫からいろいろのこのくれえのやつ（三〇㎝くらい）、ちっと頭の方結わいて竿の先につけて。それで鵜の真似するわけだ。鵜竿、川ん中こう動かすと、イワナどこに隠れてたって駄目なんだ。サーッと飛び出してくるんだ。

松山の下《しも》に、白沢《しらさわ》どってあんだが、あれさ、なんぼ行ったんだか。あそこ人家から遠いから、イワナがとても上がってんだよ。大雨降ったときなんかに行ぐと、みんな沢ん中上がってくる。だからそれ、ぼろきれを竿の先さ、くっつけた鵜竿で、ヒョーッとこうしてクッ！と淵の中回すと、「鵜が来た！」と思ってイワナどこへでもヒャーッと飛び出してくんだ。

玉梨から野尻の方さ上がる和久入沢《わぐいり》ってあんだ。畑《はた》の沢って。あそこも行った。だいぶ魚釣りはやったなあ。魚釣りだのきのこ採りだの、そういう道楽じみたのは何でもやったわやあ（笑）。

---

うめおさんの長男の青木秀元さんは、原木しいたけ栽培で早朝から働きながら、村会議員もこなし、多忙な毎日を過ごしている。その秀元さんが首をかしげながら、「親父の時代はのんびりしてたのかなあ。〝俺の竿渡んねえ淵なかった〟って自慢するくらい、結構魚釣りに行ってた」と、父の釣り道楽について話してくれた。

うめおさんが言う。「遊びでねえわやあ。商売だもん！」。言われてみれば、秀元さんがとったドジョウを、卯佐美爺様が玉梨の恵比寿屋旅館に売りに

---

行ってくれたこともあった。前の日の夕方にかけたドジョウドウを朝行って手で持ち上げると、中にいる大量のドジョウがバシャバシャバシャ！とものすごい勢いで動く。「あの手の感触は最高だった！」と秀元さんが嬉しそうに語る。

秀元さんは子どものころ、うめおさんから魚のとり方をいろいろ教わった。ハヤとりでは、「ガンカラ」というアルミ缶にスキンノウというアサの布を張り、真ん中を筒のようにして、一番上流側に小糠を少し硬めに練ったのを入れ（柔らかいとすぐに溶けて水に流れてしまう）、穴を掘って、水底と同じ高さ

奥会津博物館のガンカラ
説明には、「蚕のサナギをつぶしたものや、糠などを炒って作った餌を入れて魚をとる。浅瀬の川底にブリキの部分を沈め、麻布は出して使用する」とある

になるように設置する。翌朝見に行くと、ハヤがいっぱいガンカラに入っていた。うめおさんが言う。「小糠が溶けて、すこーしずつ穴から出てくのを、ハヤが下の方からにおいかいで餌を探しに潜んのや」。

鶏に襲われる危険を感じると逃げる習性を利用した、鶏竿を使ったイワナとりも、秀元さんは小さいときにうめおさんに教わって一緒にやった。大きなイワナが陸《おか》までビョーン！と飛び出したのだから、忘れられない思い出だ。

バッチョ（ハチウオ）と呼ばれる赤いナマズのような魚をとるには、ドジョウとりに使うような「ドウ」という竹やマタタビを編み組みした道具を使った。バッチョドウは、返しの奥の穴の大きさがドジョウドウの倍くらいある。沢の底の石を掃いて下流に向かって砂地を三角形のようにし、そこにドウを掛ける。手ぬぐいにミミズを入れて、少し臭くなるほど石で潰したのをドウの一番奥に入れておくと、そのにおいでバッチョがドウに入ってくる。うめおさんが言う。「針持った魚や。素晴らしい棘あんのや。やたらとつかむと刺さって痛い」。

バッチョドウ。下は返しの部分

秀元さんが高校を卒業して家に戻ったときには、うめおさんが山を案内して、天然の舞茸や本しめじ、香茸《こうたけ》など、きのこ採りの場所を五年ほどかけて教えてくれたそうだ。秀元さんが言う。「やっぱり小さいときに、親が子どもに川遊びとか山遊びとか、里ならではの遊びを体験させておくと、ずっと村にいたいという気持ちになる。息子の秀之も結構時間をとりながら、自分の子どもたちに魚釣りとか教えてるみたいですよ」。うめおさんは、九〇歳の年の差がある曾孫を含む四世代で暮らしている。

# 栃餅

栃餅なんかは栃の実落ちる時期が決まってっから、山さみんな叺で拾い行ったんだわい。一《ひと》山、二《ふた》山か越えっと、向こうに栃がどこさ行ってもあんだもん。玉梨の入りになるわけだ。玉梨の出口の沢の辺《へん》。その上になんだ。二沢《ふたさわ》越えて向こうに畑《はた》の沢ってあんだ。その畑の沢の両側に栃の木いっぱいあったんだ。そこまで採りに行ったの。大変な作業だったぞ。アク抜きよくやって餅に混ぜて。手間かかんのやあ。栃餅うまいもんだったわやあ。どこの家《うち》もみんな作ったわや。

栃餅作り
アク抜き後、蒸した栃の実を潰す

# 自動車免許取得

車の運転免許は、ここらではみんな水戸の自動車学校さ行ったんだ。一四、五人で二一日泊まって免許取って、帰りしなに坂下《ばんげ》の警察署さ届けてきて。世話する人あったから、大抵ここの辺は水戸の自動車学校だったわい。中向《ナカムケエ》と野尻の間の床屋さ。あそこの人が世話役だったの。だいぶ行っただぞお。下宿屋みたいなとこに泊まって、そこから自動車学校に通って。実技は水戸で、学科だけ福島さ行って取ったんだな。

車は中古。坂下の人だっぺや、確か。あのころ、中古車流行ったわやあ。最初は乗用車だったな。それから重宝だっちゅうんでトラック買って。

軍隊では無免許で運転やってたの。大目に見らっちぇたんだべえ。警察に行ったったって免許証なんていちいち言わっちゃあことねえもん！　横須賀じゅう東京の方まで。事故も起こさなかったなあ。何でもやったわやあ。重砲兵学校いっときなんの、サイドカーもあったべえ。サイドカーって側車《そくしゃ》。オートバイの横に一人くれえ乗る、あれの運転もやってた。それからアメリカから分捕《ぶんど》ってきた黒塗りの乗用車。重砲兵学校だから自動車は何台もあったわあ。

「免許持ってけー」っつっけが、地方で一般の人が自動車乗られべえとは、あの当時思わなかったべえ。そっだこと夢の夢で。だから「いらねえ」なんてもらってこねえの。そうしたら軍隊から帰ってきて二年ばあ（ばかり）経ったら、どんどん車入ってきたべえ。無免許でやってるわけいかんねえから、水戸に免許取りに行ってきたの。コース以外に出っべえ、市街に。そしたら教官が、「だいぶ無免許でやったなあ」なんて。はっはっは（笑）。やっぱわかんだなあ。そんなことあった。

車の運転は、おら家《いえ》の上手《かみて》、材木屋だったから、戦争行く前、しょっちゅう、こっちでトラック乗ったり何かして運転してた。横さ乗ってて見て覚えたのや。いねえとこやってみたりして。だから、ただ免許を持たねえだけのことで実技の方はさすけなかった（問題なかった、大丈夫だった）。はっはっは（笑）。

軍隊ではあんまいなかったなあ、無免許で自動車いじるてえ（人）は。自動車って別に課があったんだ。中隊で一〇人くれえ要請して、そして勉強させてやってたったべやあ。無免許ではあんまいなかったなあ。

## 野尻自慢の回り舞台

家《うち》の下《しも》に回り舞台あったの。縁《えん》の下に三角の出てっから、そこに肩入れてガーッと回したのや。画面を変えるに真ん中の一段高《タケ》えとこが、ぐるーっと一回りすんだから。大した舞台あったんだよ。夏んなっと幾組も芝居やったもんだわやあ。俺ら子めら(子ども)のころは歌舞伎役者が来てたんだ。清水朝子はずーっと後。ちっちぇえ劇団。春来て、夏来て、秋来て、一年のうちに何回も来たんだ。学校の入り口に宿の手配からいろいろ世話する人がいたったの。

地芝居は青年団でやりやりした。衣装は他から借りてきたり何かして劇だのやっただわやあ。二五、六のころか。俺、青年団長だった。若いてえが四、五〇人いたあべえ。

みんなのまとまりよくして、団体が壊れないように気を配って。やっぱり激しい気性の人もいるし、おとなしい人もいるし。あんまり気張んねえように。大勢《たいぜい》のあれだから、いろいろ人がいて、まとめるっちゅうことは大変な仕事。団長は何年もやったわやあ！

各部落で青年団が芝居やって、いっか（いつ）はどこ、いっかはどこっつって、盆うち決まってたんだ。大芦だの中津川なんのは、ほんにぃ名優がいただわやあ！　俺はやったことねえが。俺は役者は駄目だあ（笑）。芸能関係は駄目なんだ。軍隊のときも、一月《ひと》にいっぺんずつくれえは演芸会やりやりしたの。好きなてえが毎回新しい脚本でやるわけや。俺はそういうこと駄目で。そこの渡部一二《かつじ》なんのは役者だったわやあ！　はっはっは（笑）。

一時は流行ったんだあ。地芝居とって各部落あっただわ。玉梨もあったし。こっちから玉梨へも大勢《たいぜい》で観に行っただわやあ。そうすっと、あっちてえ、今度《コンダァ》は野尻でやっとき、大勢《たいぜい》で来たんだわやあ。各部落みんなやってただ。

青年団の写真。前列中央付近、眼鏡をかけて片脚を下ろしているのがうめおさん。野尻の回り舞台にて。裏の茅葺屋根がうめおさんの家
（写真提供：渡部喜一さん）

昔は各部落に舞台があったんだあ。中津川も舞台小屋あったわやあ。片一方は鎮守様で、横が舞台だったのやあ。杉林の中にあったの。お宮の分はちっちゃくて、舞台の方がずなかった（笑）。

野尻なんのは回り舞台で、県から調査何回も来たわや。うちは隣だから、よく俺案内して説明してやあ。回り舞台なんちゅうはめったになかったんだから。だが、時代《ジデエ》が変わって芝居する人もいねえし、用がねえから壊しちゃったの。

## 馬《ンマ》の繕《ツクレ》い場《エば》

舞台の桟敷席は馬《ンマ》の繕《ツクレ》い場《エば》だった。広場だったから馬《ンマ》の爪切ったり何かしてやる場所だったの。桟敷席の下《しも》側のギリギリんとこに高い丸太あって、馬《ンマ》をそこに入れて結わいて動かねえようにするの。足の爪切っときには、その右足なら右足ロープくっつけて、そうして引っかけの棒があんだ。そこで馬《ンマ》がジーッとしてるわけだ。そこ刃物で爪を切ったり整形したりして。

「伯楽《はくらく》」どっていたったの。馬《ンマ》の医者。八町《はちまち》温泉（金山町）あっべえ。あそこの人頼んでいた。馬《ンマ》の爪を切ってくっちゃり、具合悪《ワリ》いと様子みて治してくっちゃりしてやる人いたったのや。

昭和村ではほとんどの家で馬を飼っていたため、その時代を生きた人たちの中には、馬刺しなど桜肉はとても食べられないという人が多いらしい。うめおさんは、「馬肉なあ！　今食うと旨いわやあ！」と平気なようだ。

馬との生活について、中向集落の菊地宗榮《そうえい》さんが話を聞かせてくれた。

春、雪が消えると、各集落にあった馬の繕い場はあちこちの家の馬で賑わった。木の棒を四本立てた枠に馬を入れてつなぐと、伯楽（今でいう獣医）が爪を切ったり悪い歯を擦ったりした。それが終わるとお餅

馬を使った代かき
菊地宗榮さん（1931〈昭和6〉年生まれ）と智子さん（写真提供：菊地宗榮さん、1957年6月 角田伊右エ門氏が撮影）

をついてお祝いをしたという。

　春先ひと月くらい馬を使って、残り一年は人間が馬に使われていた、と宗榮さんは語る。毎日、朝飯《あさめしメエ》前に馬のために新鮮な草を刈ってきて餌として与えた。夏の土用の暑い中、山に行って草を刈り、干した草は家の天井に上げ、冬には押切《おしぎり》で切ってカボチャや芋の皮などと一緒に大きな桶に入れてお湯をかけたのを食べさせた。

　馬に金沓《かなぐつ》を履かせるようになる前は草履を履かせていた。荷物運びに五里（約二〇㎞）も行って帰ってくるときは、草履を何足も馬につけていき、途中で取り替えてやった。冬の藁仕事には、人間の履物だけでなく馬の履物も含まれていた。

## 謡《うたい》

謡の師匠が各部落に一人ずつくれえいたの。そして本も書かれたの買ってきて配ったりして。謡やってんのだいぶいたんだよお。野尻だって二〇人くれえいたべえ。各部落にそういう大勢《たいぜい》でいて、祝言なんかあっと必ずやっただから。

俺もひとっころはやったよ。流行りだから。今はもうできねえわやあ。声の出所《でどころ》が違う（笑）。俺の親父が野尻の師匠だった。あと誰やってたべなあ。大抵の部落では二組ずつくれえいただわや。各部落で競争のようにしてやってただわや。

# 結婚ブーム

横須賀には若い女の人なんの何十人もいたが、俺は付き合いなんのはしなかったぞ。連れてくるようねえからやあ。最後には駄目だから最初っからやんねえの。「俺は駄目だよお」って。山奥で炭焼きやって、やっと食っててんだから駄目だよおって。おんなじ中隊にいた佐渡の男なんて、横須賀にいるうちに奥さんみっけてはあ。家《うち》さ帰ったときに連れて戻ったのやあ。俺はそれだけの腕前はなかったわや（笑）。

ここらはもう連日のように「今日はどこどこさ嫁だあ！」「花嫁来《く》っぞお！」なんて。連日の話だったべえ。戦後ブームで。兵隊から来て、みんな時間置かねえであれだったんだもん。どこの家《うち》もそうだったんだから。毎日のように祝言があったわ。ほーんにそうだったんだぞお。軒並みみんな、今度《コンダァ》はあそこの家《うち》だあ、今度《コンダァ》はあそこの家《うち》。花嫁うんと出たり入ったりしてた。そっだわあ。兵隊がぞろーっと来ていっぺんに結婚なんかすっから。ふふふっ（笑）。

ここらじゃ近場の結婚が普段だわや。隣からなんちゅうのは普段だった。俺たちよりひとっきり（一世代）上のてえは下《しも》。金山村、町か。*玉梨、川口、あっちからこっちへ嫁婿来てただわ。ひところは大芦の方からっちゅう、そういう流れがあんのな。いとこ連れてくんだか何かして。一時代《ひとジデエ》、一時代《ひとジデエ》、みんな違うのな。おらたち来るときんなったら、そうんなくなった（金山や大芦との縁組ではなくなった）。

＊昭和村に隣接する金山町は、昭和三十三（一九五八）年に村から町になっている。

## 大急ぎの結婚

うちはもうなんだかんだで手間とって野尻で最後の結婚だったのやあ。上《かみ》隣も坂下《ばんげ》からいとこの人来て、あれが十二月になってだった。それから俺が十二月の半ば過ぎだったわあ。昭和二十二（一九四七）年かなあ。あれ何年だべなあ。忘れちゃったあ。あっはっは（笑）。お寺の前《メエ》のおばさまが、「いい娘が来たから早くもらえ」となって。したら、向こうでも「よかっべえ」ということに（笑）。うちの親父がそっから来たったから、いとこ仲だったの。

名前はツギヨ。中向《ナカムケエ》出身で五つ下だった。坂下の産院で助産婦の修行したり、新潟通《かよ》って試験をとって。そうして、一、二年いてきたんだべえ。それから戻ってきたった。

第一印象は、はっはっは（笑）。うん、よかったわい（笑）。昔のことだけど。俺、会ったことねえだもん（笑）。どんな感じったってなあ（笑）。何にも会ったこと何にもなかったもん。何にもねえ。昔、この辺、みんなそうなんだもん。大急ぎの結婚だったわやあ。ほーんに間に合わせだったわやあ。

## ベビーブーム

昔は「とりあげ婆《ばあ》」っつって、本当の産婆、各部落に一人ずつはいただが、あのころ産婆さんて、いねえんだもん。中津川のお寺の奥さんが年とった人だったが産婆さんで、下中津川は近場だから歩ったけど、あとはうちでほとんどだもん。もう昭和村じゅうから金山の方まで頼まって。車で送り迎《ムケ》えずっとやってたわい（笑）。

あのころはベビーブームで、あるときには一日に三つも四つも重なるんだっけやあ。自宅分娩って、みんな家《うち》でお産だから。それ過ぎてからだわあ、病院で、産院でお産するなんちゅうのは。だからもう何軒もかけて来《き》ぃ来《き》ぃしてたわや。早く産まっちゃあ順にこう回って。小野川から両原から大芦から玉梨の方まで。こっちから玉梨さ嫁になった人、やっぱ顔知ってっから野尻から頼んだ方がいいとなって、玉梨の方も何回も行ったわい。本当にベビーブームだったから。ほーんと毎日大忙しだったわやあ。そして一週間は必ず沐浴歩ってたべえ。湯浴びさせてやるの。一週間まで毎日行ってた。生まれた子ども、いろいろ面倒みねえなんねえし、産婦の人のも消毒してこねえなんねえし。だから一週間だけは決まりだった。それ以上に頼まれっとそれ以上行ってたべ。

医者も八町《はちまち》に年とった人がいたったのかな。その人は産科の名人だったらしいんだが年とってたから。そこの道路の向こう側の家《うち》、あそこにお医者さんできて。お産がちょっと難しいと先生来て陣痛剤注射してもらったり何かして、だいぶ頼んで行ってもらったわや。

百姓なんのお、農家のあれなんの仕事してる暇はねえ。朝飯《あさはん》食って出かけて午前中はかかっから。その間にまたどっかお産で行くから。夜でも夜中でも呼ばれっから。

まず夜が普段だった。

なんせ、ほんに大変だったよお、あのころは。夜でも夜中でも腹痛《はら》くなっと電話くっから。だから起きらんねえと困っから、呼び鈴っつって別に月三千円だったべかなあ、よく聴こえるようにつけて。普通の電話だと隅っこの方にあんべえ。そうすっと鳴ったのわかんねえことあったのや、いっぺん。そんでわざわざその家《うち》で迎《ムケ》えに来たことがあんのや。そんでは悪《ワリ》いからっちゅって、ひときわ大きなベル、家ん中じゅう聴こえるようなベルつけてもらった。もー、ほんと大変だったよお。

## 子めらおぶって乳《ちち》くれえ

うちは子めら女男女と三人いんだあ。一番おっきなのは女の子《オナンコ》で、東京の方で生け花の先生やってんだが、あれずっと東京に行ったまだあ。読んだり書いたりがまめってえ女子《オナゴ》で。二番目が秀元《しゅうげん》、今ひとり、その下の女の子《オナンコ》は、あれは岐阜県の学校みたいとこ勤めてる。新潟ずーっといたったんだが。三番目はうちにいたった年寄りの婆ちゃんの名前つけた。ハギノって婆ちゃん裁縫教えたりして、なかなか大した婆ちゃんだったんだな。

男の子《オトッコ》はこの家で産まっちゃのや。この辺は初手《しょて》の二十日《はつか》のときには必ず家《うち》帰ってみんなお産したべえ。二回目からはここでお産だ。一人目は実家で、二人目からは嫁ぎ先で。そういうことが一つの風習だった。実母《じつぼ》さん、中向《ナカムケエ》から来て、いろいろ泊まりがけで世話してやってた。

ここらは、臍の緒は裂いて墓地さ持ってって埋めただわあ。先祖の墓場に持ってって、そんで埋めてきただあ。もっともこんな小せえからやあ。ちょっと掘って納めてきたわけや。ただは捨てらんねえからそういうことだったんだべ。

うちの子どもが小《ちい》ちゃいとき、乳《ち》のみ時代《ジデエ》は、かあちゃん、お産で手間とってんべえ。なかなか産まれねえと、子ども腹減らして泣くから、そうすっと俺、子どもおん

うめおさん 34歳（右端）。家族と（1955年）

ぶしてって（笑）、そばさ行って乳くれてもらったり。そうでねえと近くでお産やったような人に乳もらったりなんかしたが駄目だったの、うちの子どもは。癇が強いっちゅうだか、何ちゅうんだかで。乳くわえるはくわえんが飲まなかったの。やっぱ癇がどこか違ってたったんだべえ。三人ともなあ。女の子《オナンコ》の方はそうでもなかったけど、男の子《オトッコ》の方はそうだった。だから、必ずお産やってってとこさ、おぶって行って乳くれえやってもらわねばなんなかった。松山でお産できっと、しょうねえ（しょうがない）から俺、子めらおぶって自転車で松山まで乳くれえ行ぎ行ぎした（笑）。

## 堰普請《せきぶしん》で酒盛り

向こうに和久平《わぐだいら》っちゅう乾田地帯があんだ。全部で二町歩《ちょうぶ》くれえあったのかな。そこさ水持っててくに、田んぼ作る人も作んねえ人もみんな、村あげて堰き止めやったんだわ。お寺の下で堰き止めて、急ごしらえの堰をこしぇえて、そっから水あげて田んぼ作ってたんだわ。昔はおら子どもぐらいのころまでは大普請《たいふしん》だったあ。

堰普請っちゅうは、穴さ木を突っ込んで流れねえように足場作ってやっただ。今でもその穴っぽがあんだわ。木で三角の枠をあっちこっち、ずーっと二間おきくれえに立てて、そこさ横細木《よこぼそぎ》を一回やって。それ、できるころになっと、若いてえが、柴、青柴、あれを山そこらじゅう切って、そんで背負ってきて、その柴で止めたんだわ。

それさ、水が漏るもんだから、筵をはったり、草をはったりして、そうして水あげて。二日、三日かかった。
　堰普請小屋っつって休み小屋までかかって（作って）、堰き止めっと村じゅうで酒盛りだあ！　どぶろくあったあ！　魚もあったあ！　あの頃、鰊《にしん》だったべや。新鰊《しんにしん》さ、酒！　どんと火燃して鰊焼いて食い食い。それから各めいめいから、ぼた餅持ってく人に、ふかし（蒸した餅米に具材を混ぜたもの）持ってく人に。子どももみんないたんだから。お祭り騒ぎだったんだ（笑）。

---

うめおさんの家の近所の山内常一さんも、子どものころに見た堰普請のことをよく覚えている。六月、田植え前に、ふんどしひとつの大人たちが、

---

胸まで川の水に浸かって、縦横《たてよこ》に結びつけた細木に山から切ってきた柴を重ねていた。堰を止め、川の水が干上がっているうちに、子どもたちが駆けていってカジカやアカハラなどの魚をとった。「水来《く》っぞー！」と声がかかると慌てて陸に駆け上がった。堰普請の大仕事が終わると、鰊の山椒漬けやアカハラを酒の肴に、大人たちが火を囲んで冷えた体をあたためていた。子どもだった常一さんも、大人から鰊などもらって食べた。

渡部静子さんの話では、堰普請のあとの酒の肴には、必ず鰊と「苧種《おたね》味噌」というアサの実を入れた味噌があった。そのころ、村ではアサを栽培していたのでアサの実もそのようにして食べていた。酒盛りの場所に何本もあった胡桃《くるみ》の木の競りをやったりもして、ずいぶん賑やかだったという。

## 野尻川の大洪水

水害、床板まで上がったっけ。そりゃあ、こっだ川っぱりだもん。上《かみ》っとこの家《うち》なんかは滝のようだった。床板からダーッと。うちはやっと床の上さ上がった加減で。

うちは田があんだが、息子は朝っぱら田んぼに水見に行ったの。それが来《く》っちゅうねえから（帰ってこないから）俺迎《ムケ》えに出たの。今、村下《しも》に橋が架かってえべえ。あの橋んねえ（あの橋ではない）橋が工場《こうば》からまっすぐ横にあったの。そこに大工やってる人だの五、六人いたっけの。「おらい（俺の家）の野郎、戻ったべか？」って言ったら、「行ぐは行ったが戻ってこねえぞ」っちゅうだ。「そんじゃ俺行ってくる」っつったら、「行ぐな、行ぐな」っちゅっけの。その橋もはあ、落ちる寸前だったの。それ聞かねえで行ってえ。したら向こうの山道の方から、息子、鍬担いで下りて来んだあ。「早く来《こ》おおー!!」って、そしたら息子大急ぎでその橋渡って、したっけが渡るど真ん中で立ち止まってんだ。どぼおおおーっと水、橋の上越えんだもん。俺は「ああっ!何してんだあ!!」って怒って、そうしたら無事飛び越してきたべえ。そのあと橋流さっちゃあ。一瞬のことや。

道路の曲がり角から丘になって水のんなかったから、あそこずーっと伝わって逃げてきたの。庄市君のとこの小屋にヤギいたんだが、ヤギがこういうふうにつかまって首だけ上げて。「ああ、あれもかわいそうだあ、だが、なんともしょうねえ」なんて来たの。家来《うち》たら何も片付かってねえべえ。ちょうど夏休みで、おらの子めら二人も戻ってきてたっけだから、「天井さ上げろ!」なんて手送りで上げて。うちは水通っただけで済んだ。一瞬のうちだもん、とても。

野尻川の大洪水（1969年8月12日）
（『わたしたちの郷土　昭和村（追加資料集）』昭和村教育委員会
2015年より転載）

当時のことを、うめおさんの長男の秀元さんが聞かせてくれた。

昭和四十四（一九六九）年は、七月の中旬から毎日雨続きだった。野尻川の大洪水が起きた八月十二日の朝、秀元さんは朝食もとらないうちに母のツギヨさんに下《しも》の方の和久《わぐ》にある田んぼの様子を見に行くように言われた。上下合羽を着て鍬を担いで出かけていったが、そのうちに、川から田んぼに泥水がどんどん浸入してきて、その上を鴨が泳いだりしている。最初は、水が入らないように堤防のあたりで石を上げたりしていたがまるで間に合わない。やってきた農道は水でもう歩けない状態だったから、上林《うわばやし》を通ってきた。

橋の手前に下りてきたら、うめおさんが迎えに来ていて、「早く帰んねえと駄目だぞ！　俺のあとついてこい！」と言う。木の橋を渡りかけたとき、うめおさんと秀元さんの間に波がザブン！　と上がり、一瞬立ち止まった。うめおさんがパッと振り向いて、「何してんだ！　早く渡れー！」と叫んだ。

あのとき、まともに行っていたほうが危険だったと秀元さんが言う。町中《まちなか》は川のようになっていたが、途中から道が舗装道路になり、コンクリートで足が滑らずに歩けるようになった。家にたどり着いたときには、家の辺りにはまだ水が来ておらず、母が卵かけごはんを作ってくれたのを食べた。それから飼っていたヤギや何羽もの鶏、冷蔵庫などを急いで二階に上げた。

このときの集中豪雨で、昭和村では住家全半壊一〇三戸、床上床下浸水二三九戸、羅災人員一六二四人の被害があった。中でも被害が最もひどかったのが野尻集落だった。

ソバ畑から望む野尻集落（2021年9月）

# 自宅全焼

一五年ばあ前《メエ》だあ。石油ストーブがもとだった。買って二年目の新しいやつ。石油がたっちこ、たっちこっと落ちて、落ちただけ火になる。それがたっちこ、たっちこっちゅうのが、ごみひっかかったか何かしたったの。だからザーッと出ちゃった。じき火が出ちゃったべえ。

俺は最初に何か猫でも、野良猫でも入って来てんのかなあって。カタンなんて音したり、電気消えたりしたから、「ああ、ブレーカー落ちたんだわあ、俺行って見てくるわあ」って出た。入り口にブレーカーあったんだが、そこさ行がねえうちに戸開けたら、いやああ、とても。転ばされるほどの風圧だ。わずかの時間なんだ。それが真っ黒くろだべ。てんで見えねえんだ。外の戸の下、これくれえあって外側だっちゅうのわかる。あと真っ暗だから。長年住んでっから家わかっから、行って戸開けたら涙が出るくらい。火が一瞬に回っちまうのな。だから火事出っと必ず人死んでんのはそういうことなの。うちもそうなの。あれ煙に巻かれんの。いやあ、今の火事は恐ろしい。新建材、みんな塗料塗らってっべ。床板も何もみんなそうだから、石油製品が多いから、だからもう煙がものすごいんだ。「ここだぞおおお！」って（妻を）呼ばっただが、何て返事したんだかわかんねえ。家《うち》がずなかったし。茶の間まで来て亡くなってた。恐ろしいもんだ。

ああいう目に遭うべえとは思わなかったからなあ。よく家行ったり来たりしてる大将が、「そういう災難に遭うのは地下七尺も下にそういう災いが残っててんだから、避ける方法はねえだから諦めろ」なんて言うんだっけが。どこで聞いた話だか、地下七尺も下にそういう災いの元があるんだからって。だから諦めるしかねえだぞお、なんて。避けようがねえんだって、そういう災害は。その人の運命だっちゅうんだ。

ここらの家は冬は出口一つだよ。普通の家はみんな冬囲いして一カ所しか出口がねえんだ。この家は改造して冬囲いしねえでいい、そのようにできてんだ。冬囲いすっことねえだ。どこでも戸開けて外さ出られるように、今そういう設計になってる。

＊火事発生は、平成十五（二〇〇三）年二月一日の晩。うめおさんが八一歳のときのことだ。秀元さんによると、実際は石油ストーブではなく、ファンヒーターの不完全燃焼が原因だった。

# 右目失明

おらあ、右目は駄目なんだ。もう何十年も駄目だ。五五、六のとき、椎茸の榾木《ほだぎ》切りに山さ行って突いたのがもとや。椎茸の木切り、息子と渡部一二《かつじ》とその息子の一孝《かずたか》と、四人《ヨッタリ》で共同で行ってたんだあ。そんとき山で突いたのやあ。

若松の眼科さ、何年も歩ったんだが、ついに駄目だったな。突いた当時は傷だけのあれで治っかしんねえなんて五年も通ったんだが、ついに治んねえでしまったあ。「つづらご」（帯状疱疹）っちゅう病気あんだあ。できものが回って歩くやつ。それがこの左目さ入っちゃった。左目治ったら右目行って、だんだん見えなくなったのや。なんともしょうねえわあ、これも。

こないだは転んで畳で右側、妙に右側ばっかこすんの。坂下《ばんげ》の厚生病院の中でも転んだが、あんときもやっぱこっちばっか。見えない方がやられんの。先生も「いやあ、左目んなくてよかったなあ」なんて。ふっふ（笑）。左目やったら、めくらになっちまうだから。左目が幸いに、何回転んでもさすけねえ。こないだも右目でよかったわ、左目んなくて。

眼鏡も老眼になったから、眼鏡屋で度数測ってこしぇえてきたの。新しい眼鏡だから年中かけてんだあ。ほんとは右目は用がねえんだが同じように作った。「片っぽねえだぞー」なんて眼鏡屋に言ったんだが、両方作ってくれて。こないだ（この間）、眼鏡探しやってたらかけてたあ（笑）。かけて寝てて朝になって眼鏡探ししてたら、ここあったあ（笑）。ふふふ。

失明の話をするうめおさん 98歳
（2019年4月）

息子の秀元さんによると、当時は「慣行特売」という国の制度があり、国有地の楢林を安く買うことができた。原木椎茸の栽培のため、うめおさんと、今も青木農園で一緒に仕事をしている渡部一孝さんと、その父の一二さんの四人で、かんじきを履いて二月の頭から山に入り、楢の木を伐採していた。楢の木は一度に五、六本倒す。雪の上に倒された木に、うめおさんが尺棒《しゃくぼう》を使って、九〇センチごとに鉈で印を付け、秀元さんがチェーンソーで切っていた。木に印を付けているときに、うめおさんは自分のカンジキを踏んづけてバランスを崩し、楢の木で右目の下のあたりを傷つけた。その後の帯状疱疹でうめおさんは右目の視力を失った。

## 百歳を前にして

神経痛出て困んだあ。てめえ療治《りょうじ》してるだけだあ、今。薬塗ったり揉んだり。どうにか歩く練習も続けてんだが、二日も寝たらもう終わりだもん。歩かれなくなっちまう。だから、毎日歩かねえと駄目だ。どんどん年とってくたびに都合悪《ワリ》くなって困っちゃうな。しょうねえなあ。

百まであんま生きてえことはねえ、本当は。ああ、もう駄目だ。第一、健康がうまくねえわ。からだが続かねえわ。よっぽど丈夫な人んねえとやっぱなあ。女の人は残られんが、男の人は駄目だ。なんで女が丈夫かっちゅう、この間話してたが、若いときから女はうんとからだ使って歩くんだって。男はでれっとしてっから駄目なんだと。

だから男の百歳っちゅうのは珍しいだって。女の人は多いのな。日本では一一二歳か。九州の人。新聞にも出てんが百歳越えっとじき亡くなるもんなあ、一〇一、二歳で。今日も二人ばあ新聞さ出てた。女の人だわ。男の人の百歳なんてはねえ。九〇歳なんちゅうのが、男の人少ねえもんなあ。女の人ばっかだあ。男はそれだけ寿命短いんだ。からだ動かさねえから。でれっとしてっから。

ああ、ほんにぃ、百近くんなっと、いろいろなことがあるわあ。ほんに、いっときの間だったなあ。ほんとそうだぞお。戦前、戦中、戦後とあって慌ただしい世の中生きたわや。

数奇な運命だ。四つのとき来たんだから。それから、かわいがられっちぇえ。でもやっぱり、いいばかりでねえだあ。運の悪《ワリ》い点もあんだあ。そんな人生だあ。あっはっは（笑）。それで満足してるしかねえな（笑）。

（完）

## 百年はいっときの間

奥会津書房　遠藤　由美子

大正・昭和・平成・令和と四つの時代を生きてこられた青木梅之助さん（うめおさん）の明晰な記憶は、須田雅子さんの真摯な聞き書きによって、その時代の空気や息遣いと共に瑞々しく蘇った。

うめおさんは、百年のこしかたを「いっときの間」とおっしゃる。中でも、記憶の大部分を占めている兵役にあった戦中の記憶は、昨日のことのように鮮やかだ。明るく語ることで、その悲惨が深く刻まれていることが伝わってくる。子供時代から一足飛びに戦争の記憶が語られていることに、私たちは気づかなければならない。戦争は、決して繰り返してはならないという強いメッセージがここにある。

須田さんは、戦中・戦後を生き、令和を生きる稀有な語り部であるうめおさんの聞き書きを通して、貴重な証言を伝え残すという尊い仕事をしてくださった。ここには、うめおさんを育んだ昭和村の分厚い基層文化も丁寧に掘り起こされている。

須田さんは富山県に生まれ、東京・埼玉で育ち、東京の海外高級ブランド会社での勤務を捨てて、たった一人で山深い昭和村に移住してこられた。アルバイトをしながら地道に聞き書きを重ね、昭和村のみならず、沖縄の宮古・八重山の島々でも、からむし（苧麻）の手仕事に携わる人々を訪ねた旅も重ねている。須田さんの、書き残し、伝えるという行為を突き動かしているのは、物や事象ではなく必ず「人」だ。巡り合った人間への敬意と信頼が、引き出された語りの底に揺るぎなく沈められている。

うめおさんの聞き書きは数年にわたって続けられた。数奇な運命に翻弄された百年という歳月を、うめおさんは軽妙な語り口で表現しておられる。それは、昭和村に住み、昭和村の人々と深く交わり、ひたむきに耳を傾ける須田さんの真摯な姿勢への、うめおさん流の深い労りではなかったか。

『奥会津昭和村　百年の昔語り　青木梅之助さんの聞き書きより』には、聞き手である須田さんに対するうめおさんの、深い慈悲の眼差しも見えるようだ。

## うめおさんの聞き書きをして

昭和村に移り住む前、私は東京・墨田区に一〇年近く暮らしていました。本所と呼ばれる地域で、通勤には隅田川に架かる吾妻橋を渡って浅草まで歩いていました。

東京スカイツリーを見上げながら、よく周辺を散策していましたが、吾妻橋の上手にある言問橋《ことといばし》の親柱の石が黒ずんでいて、それは東京大空襲で焼死した人々の脂だということを聞いていました。地元の図書館で東京大空襲についての本を借りて読み、当時の写真を見ると、浅草の百貨店「松屋」だけが高く残り、道には真っ黒に焼け焦げて亡くなった人たちが積み重なっている。あまりの惨さに憤りを覚えたものでした。

平成二十七（二〇一五）年秋に昭和村に移住し、村の人たちに聞き書きをして歩いていたところ、うめおさんが東京大空襲の直後に浅草付近で遺体の片付けをしていたということを、ご近所の佐藤庄市さん、信子さんご夫妻から伺い、うめおさんに会いに行きました。

うめおさんは、四つのときに昭和村・野尻集落の資産家、青木家の養子となり、自然豊かな里山で溌溂とした子ども時代を過ごしました。昭和十六（一九四一）年、二十歳のときに太平洋戦争が勃発し、軍隊に招集されて北朝鮮に渡った後、横須賀の陸軍重砲兵学校に分遣となりました。約四年間の軍隊生活の中で前線に赴くことは免れましたが、東京大空襲の二日後に被害が最も大きかった東京の下町、本所・深川地区で、おびただしい数の遺体を片付ける任務に就き、凄惨な光景を目にしています。

無数の焼夷弾により、地獄絵そのものと化した惨禍の中で亡くなった人々を、物のように扱わざるを得なかったうめおさんは、思考を停止させ、ただ、与えられた任務として、すでに人間のかたちを留めていない数百の遺体をトラックに積み、公園に掘られた大きな穴に落とし、また翌日には小学校のプールから重い水死体を運びます。

幼い頃に実母の元を離れ、別の家の子どもとなった境遇を自然と受け入れ、軍隊でも持ち前のキャラクターで周囲の人たちから気に入られることの多かったうめおさんが、本所深川での遺体の片付けのあと、得体のしれない熱に四〇日もの間、悩まされています。語りの中では「祟らっちゃだべえ」とさらっと済ませていますが、皮膚にしみ込んだ臭い、両手の感触、目に焼きついた人間の無残な姿…など、心身で受けたショックは相当なものであったに違いありません。

うめおさんの「兵隊のお国柄」の語りでは、出身地の地域性が人々の気質に濃く表れていることを、私は大変興味深く感じました。一般家庭にテレビもあまり普及していなかった時代、〝日本人〟の標準化は、今ほどには進んでいなかったのでしょう。

うめおさんは沖縄の人たちについて、「気持ちがずねえ（大きい）」と語っています。私は首里城のゆるやかにカーブする美しい城壁を間近に見上げたとき、海の彼方を見晴るかすようなその景観に、同じような印象を抱いたものです。生まれ育った土地の風土というのは、人の身体に自然と入り込むものなのでしょう。

お国柄の語りの中では、北海道や佐賀の人たちがこてんぱんにやられていて、読んで不快に思う人もいるかもしれません。しかし、当時は、お上、つまり国自体がおかしくなっていたわけですから、軍隊の法に従わず、牢屋に入れられることが多かったというこれらの地域の人たちは、今になってみれば、正道を貫いていたといえる側面もあるのかもしれません。

戦後、村に戻って結婚すると、うめおさんは助産師の妻の送迎に明け暮れます。何度も繰り返す「大変だった」の言葉に、軍隊で神様扱いされていたうめおさんが、空前のベビーブームを支えた妻の補佐役となって懸命に立ち働き、泣く赤ん坊をおんぶしながら、へとへとになっていた姿が目に浮かびます。

そして八一歳のとき、苦楽を共にした最愛の妻を火事で失うという悲運がうめおさんを襲います。それから後は、「地下七尺も下にそういう災いの元があるのだから諦めるしかない」という言葉を杖に、うめおさんは自分を支えてきたのでしょう。

うめおさんへの聞き書きは、うめおさんが九七歳の平成三十（二〇一八）年と、翌年、九八歳のときに行いました。そして、うめおさんが百歳になった令和三（二〇二一）年春に、それまでの聞き書きをまとめた冊子を贈り、その後、新たに伺ったお話を書き加えたのがこの本です。

百歳になったうめおさんは、一瞬、顔が少し小さくなったような印象を受けましたが、目の奥で光がころころと転がるように語りながら朗らかに笑う様子は、二年前と変わりありませんでした。百年の人生の厚みを身体に宿したうめおさんが楽しそうに笑うたびに、私はとても嬉しい気持ちになります。

うめおさんや昭和村の人たちのお話には、今は失われた村での暮らしぶりがたくさん出てきて、そのどれもが眩しいほどの輝きを帯びています。〝自然との共生〟を地で行く自給自足の生活の中で、汗をかき、全身を働かせ、歓喜も苦悩も目一杯味わう、生きていることの確かな手応え。また、生活のためのものづくりにおける手技の熟練や、美しさを追求する中で自然と鍛錬されてゆく精神、そこから来る心の充足…。それらは最近、俄かに目にし、耳にするようになった「ＳＤＧｓ（持続可能な開発目標）」のように、高々と掲げられる理想とは異なり、村では当たり前のように実践されてきた慎ましい生活です。

度々参加してきた会津学研究会で、「うめおさんのライフヒストリーをまとめたので本にして出版したい」と、代表の菅家博昭さんや奥会津書房の遠藤由美子さんに原稿をお見せしたところ、即座に「そうすべきだ」という言葉をいただきました。遠藤さんにいたっては、歴史春秋社の阿部隆一社長に強く出版を推してくださり、阿部社長があたたかく寛大な心意気で出版を引き受けてくださったことには、ただただ感謝の気持ちでいっぱいです。

この本を書くにあたり、京都造形芸術大学（現・京都芸術大学）で学んだ中路正恒先生の「地域学」や、自由な創造性を卒業論文に採り入れることを良しとしてくださった梅原賢一郎先生のご指導が、私の中で基盤となっていることは言うまでもありません。

この本をまとめるのに、多くの方々にお世話になりました。青木秀元さん、青木玲子さんには、原稿内容の確認や写真の提供のほか、多くの点でご協力いただきました。また、この本では紹介しきれなかったのですが、心に響く貴重なお話を聞かせてくださったみなさん、いつもあたたかく見守ってくださる昭和村のみなさん、思い描いていたとおりの優しい雰囲気を表紙や挿絵に描いてくれた横倉真理子さん、アシダカの制作を提案してくれた水野江梨さん、初出版に向けて支え導いてくださった編集の新城伸子さん、最後に、自分の思いや信念だけで、国内外を遊動してきた根なし草の娘を心配しながらも応援してくれる両親に、心から感謝の気持ちを捧げたいと思います。

梅之助さんとともに過ごしたひとときは私にとっては宝です。この本を読んでくださった方々の心に何かあたたかなものが残れば嬉しいです。

令和三（二〇二一）年十月

須田雅子

著者とうめおさん（青木秀元さん撮影）

## 参考

『昭和村の歴史二　昭和村のあゆみ　昭和から平成へ』昭和村のあゆみ編纂委員会編　二〇一三
『わたしたちの郷土　昭和村（追加資料集）』昭和村教育委員会　二〇一五
『会津のからむし生産用具及び製品』昭和村教育委員会　からむし工芸博物館　二〇一三
『からむし全集』羽染兵吉　二〇〇七
『北越雪譜』鈴木牧之編撰　京山人百樹刪定　岡田武松校訂　岩波書店　一九七八
「奥会津　暮らしの物語－地域の風土の中で－（二〇〇六年～二〇〇九年の聞き書きより）」鈴木克彦『福島県立博物館紀要　第二四号』福島県立博物館　二〇一〇
「奥会津　トンボ（厠）と肥の物語　二〇〇八」鈴木克彦『福島県立博物館紀要　第二三号』福島県立博物館　二〇〇九
『あゝ故郷　ふざわ　あの時　あの人　あの山河－思い出の写真集－』ふざわ楽しさと元気づくりのみんなの会　二〇一四
『ふるさとのことば　昭和村の方言』小林盛雄編　二〇二〇
「会津音声方言辞典」蜃気楼　http://s.aizu-sinkiro.com/

「瞽女ミュージアム高田」 http://www.goze-museum.com/
「からむし織の里　福島県昭和村」 https://www.vill.showa.fukushima.jp
「馬堀自然教育園」・「連合国軍が横須賀に上陸（昭和時代）」・「東京湾要塞跡（千代ヶ崎砲塔砲台跡）」 横須賀市ホームページ https://www.city.yokosuka.kanagawa.jp
「モールス符号の暗記法」『日本医事新報』№４５８１　２０１２　http://kanji.zinbun.kyoto-u.ac.jp/~yasuoka/publications/2012-02-11.pdf
「東京大空襲・戦災資料センター」 https://tokyo-sensai.net/about/tokyoraids/

## 協力（敬称略、あいうえお順）

**昭和村**

青木梅之助
青木秀元
五十嵐幸三
五十嵐善信・玲子
五十嵐良
菅家和孝
菅家博昭
菊地宗榮・智子
小林盛雄・リキ子
小林勇介
佐藤庄市・信子
鈴木克彦
羽染兵吉・フヂ子
本名オマキ
水野江梨
皆川吉三・アサノ
山内常一
横倉真理子
渡部喜一
渡部静子

**村外**

青木玲子
梅原賢一郎
遠藤由美子
金井晃
刈屋晃吉・孝子
木村利浩
栗原勤
鈴木澄雄
渡辺紀子
渡部康人

**機関**

奥会津博物館
公益財団法人政治経済研究所付属
東京大空襲・戦災資料センター
瞽女ミュージアム高田
昭和村教育委員会
昭和村役場
鈴木牧之記念館
全国コミュニティライフサポートセンター
玉梨温泉　恵比寿屋旅館
新潟日報社
横須賀市教育委員会

著者
須田 雅子（すだ まさこ）
昭和43（1968）年生まれ。
京都造形芸術大学（現・京都芸術大学）通信教育部　芸術学部芸術学コース卒業。
平成27（2015）年秋に福島県・奥会津昭和村に移住し、大学の卒業研究『苧麻をめぐる物語 ― 奥会津昭和村と宮古・八重山の暮らしと文化 ―』（試論）をまとめる。昭和村と沖縄の宮古・八重山の島々における苧麻文化を主とした聞き書きをライフワークとしている。

表紙・挿絵
横倉 真理子（よこくら まりこ）
昭和53（1978）年生まれ。
東京藝術大学　美術学部絵画科卒業。
平成26（2014）年に「からむし織体験生」として昭和村に移住。

奥会津昭和村
**百年の昔語り**
**青木梅之助さんの聞き書きより**

2021年10月25日　第1刷発行

著　者　須田　雅子
発行者　阿部　隆一
発行所　歴史春秋出版株式会社
〒965-0842
福島県会津若松市門田町中野
TEL 0242-26-6567
印刷所　北日本印刷株式会社